蓝星诗库·典藏版

王家新的诗

王家新 著

POEMS OF
WANG JIA XIN

人民文学出版社

图书在版编目（CIP）数据

王家新的诗／王家新著．—北京：人民文学出版社，2023
（蓝星诗库：典藏版）
ISBN 978-7-02-017842-1

Ⅰ.①王… Ⅱ.①王… Ⅲ.①诗集—中国—当代 Ⅳ.①I227

中国国家版本馆CIP数据核字（2023）第039687号

责任编辑　薛子俊　李义洲
装帧设计　陶　雷
责任印制　张　娜

出版发行　人民文学出版社
社　　址　北京市朝内大街166号
邮政编码　100705

印　　刷　北京汇林印务有限公司
经　　销　全国新华书店等

字　　数　171千字
开　　本　880毫米×1230毫米　1/32
印　　张　14.5　插页2
印　　数　1—5000
版　　次　2023年5月北京第1版
印　　次　2023年5月第1次印刷

书　　号　978-7-02-017842-1
定　　价　68.00元

如有印装质量问题，请与本社图书销售中心调换。电话：010-65233595

王家新
1957—

1957年生于湖北丹江口。1978年考入武汉大学中文系并开始诗歌创作。毕业后从事过教师、编辑等职，2006年起任中国人民大学文学院教授。著有诗集《游动悬崖》《塔可夫斯基的树》《未来的记忆》等，以及数十种译诗集、诗论随笔集，并编选出版多部中外现当代诗选及诗论选。作品被译成多种文字发表和出版。多次应邀参加国际诗歌节和文学交流活动，在国外一些大学讲学、做驻校诗人。曾获多种国内外诗歌奖、诗学批评奖和翻译奖。

出 版 说 明

新诗百年，现代汉语诗歌的面貌已经焕然一新。为繁荣社会主义文化，自1998年起，人民文学出版社推出"蓝星诗库"丛书，致力于彰显当代中国诗歌所取得的成就和具备的广阔可能。"蓝星"取自于天文学概念"蓝巨星"，这是恒星演变过程中的一个活跃阶段；丛书收录1960年代以来中国诗坛各个时期具有启发性、创造性、影响力的重要诗人及其代表作品。

"蓝星诗库"丛书问世以来，在同类图书中一直保有较高的口碑和市场业绩，且业已成为诗界的品牌出版物。2012年，我们优中选精，推出了"蓝星诗库金版"丛书；2023年是"蓝星诗库"丛书出版二十五周年，为回报作者和广大读者，我们决定推出"蓝星诗库·典藏版"丛书，对既往出版诗集进行一次全面梳理，并以新的图书形态奉献给读者。

有几点情况需要说明：一、此次新版，考虑到"蓝星诗库"丛书出版时间跨度的问题，并充分尊重作者意愿，对旧版诗集进行了不同程度的修订；综合图书版权等因素，部分诗集我们留待将来出版。二、"蓝星诗库·典藏版"将秉持"蓝星诗库"丛书一贯的遴选标准，严守门槛，开放出版，持续推出当代诗歌精品。

  感谢诗人及其家属的信任，感谢广大读者朋友的厚爱，让我们共同努力，为推动当代中国诗歌的繁荣贡献自己的力量。

人民文学出版社编辑部

目 录

第一辑 1979—1989

在山的那边 … 003
土地 … 005
收获节札记 … 006
古楼兰 … 008
从石头开始 … 010
中国画（组诗）… 014
河西走廊 … 019
空谷 … 021
倾听音乐的一种方式 … 022
触摸 … 023
山上与山下 … 024
秋天 … 026
在一条街的尽头想起梵高 … 027
预感 … 029
盖瑞·斯奈德 … 031

五台山遇雨　　　　　　　　　033

蝎子　　　　　　　　　　　035

光明　　　　　　　　　　　036

什么地方　　　　　　　　　038

刀子　　　　　　　　　　　039

赞美　　　　　　　　　　　040

再也不会有人来了　　　　　042

诗歌　　　　　　　　　　　044

第二辑　1989—1994

一个劈木柴过冬的人　　　　049

瓦雷金诺叙事曲　　　　　　051

楼梯　　　　　　　　　　　055

火车站　　　　　　　　　　056

词语，刀锋闪烁　　　　　　057

最后的营地　　　　　　　　059

转变　　　　　　　　　　　061

帕斯捷尔纳克　　　　　　　063

反向　　　　　　　　　　　066

持续的到达　　　　　　　　072

诗　　　　　　　　　　　　080

日记　　　　　　　　　　　083

词语（节选）	085
布拉格	093
另一种风景（选节）	095
纪念	102
伦敦随笔	109

第三辑　1994—2006

边界	121
无题	123
致一位尊敬的汉学家	124
挽歌	126
布罗茨基之死	130
送儿子到美国	131
尤金，雪	132
坐火车穿过美国	133
十一月的冰	135
旅行者	137
孤堡札记	139
一九九八年春节	151
第四十二个夏季	155
冬天的诗（节选）	157
来临	162

变暗的镜子（节选） 163

未完成的诗 169

布谷 172

野樱桃 174

为翻越燕山而写的一首诗 176

12月7日，霜寒 177

从城里回上苑村的路上 178

晚景 180

局限性 182

诗艺 183

田园诗 184

唐玄奘在龟兹，公元628年 186

新年 188

小区风景 190

橘子 192

第四辑　2007—2015

在纽约州上部 197

和儿子一起喝酒 198

悼亡友 199

在塔尔寺 200

青海行 201

哥特兰岛的黄昏	206
特朗斯特罗默	208
写于新年第一天	211
重写一首旧诗	212
贝尔格莱德	213
外伶仃岛记行	215
一些地名	217
岛上气候	218
黎明时分的诗	219
细沙和粗沙	220
题"雷峰夕照"	221
在那些俄国电影中	223
冰钓者	225
献给玛丽娜·茨维塔耶娃的一张书桌	226
醒来	228
你在傍晚出来散步	229
写给未来读者的几节诗	230
玫瑰吟	232
在韩国安东乡间	233
黄河三题	236
十月之诗	238
伦敦之忆	239

黎明的素描	240
忆陈超	241
彼得堡诗人库什涅尔	243
在苏轼墓前	245
在台北遇上地震	247
读娜杰日达·曼德尔施塔姆回忆录	249
傍晚走过涅瓦河	251
从阿赫玛托娃的窗口	252
在别列杰尔金诺公墓	254
这条街	256
翻出一张旧照片	262

第五辑　2017—2019

海边的山	267
在威海，有人向我问起诗人多多	269
来自张家口	270
一碗米饭	271
飞越阿尔卑斯	274
旁注之诗（选节）	276
在你的房间里	287
黎明五点钟	288
血月亮	289

告别	290
初到石梅湾	292
席间	293
清明，在老家	294
纽约的一间高层小公寓	296
麻雀啁啾	298
柏林，布莱希特墓地	300
观海	302
访东柯谷杜甫流寓地	304
在雅典	306
希腊三题	308
沉默寡言的圣像画家	311
一则传说	313
在圣托里尼岛上有一棵树	315
春节前夕，在三亚湾	317
记一次风雪行	318
哈特·克莱恩钢琴	319
我们家的兔子	321
大同火山石	322
赣南行	324
给简·赫斯菲尔德	325
飞行	327

在老子故里	329
凯尔泰斯·伊姆雷	331
狄欧根尼斯的灯笼	333
北行笔记	339
想起一部题为"希望的旅程"的电影	341
篁岭一日	343
在洞头	345
过绍兴古轩亭口	347
夜访百草园	349
看山的几种方式	352
乌海行	353
重访伦敦,第一夜或第一日	359
Woodside Park 车站	361
在大英博物馆	363
伦敦东的一个橡树大花园	365
给西蒙·阿米蒂奇	366
"呼啸山庄"歌行	368
后圆恩寺胡同的秋天	372
"我听见一个声音……"	373
秋末	375
燕子口	377
雪中吟	379

第六辑　2020—2021

访策兰墓地	383
二月	386
仿小林一茶	387
一张纸条	388
纪念贾科梅蒂	390
风筝	392
致敬	394
在昌耀的诗中	397
在一个雨雾飘散的秋晨……	399
郁达夫故居前	401
访黄公望富春山隐居地	402
致敬《富春山居图》	404
一棵桂花树	410
旁注之诗：秋兴	412
幽州台	416
谒子昂墓	418
乱石赋，或曰"论美"	420
写给遂宁"涪社"诸诗友	422
雨雪中访平江杜甫墓祠	424
冬日读苇岸日记	426

新年第一天,在回北京的高铁上	428
悼扎加耶夫斯基	430
山茶花	433
武大郎的骨灰	435
在小区里	437
旁注之诗,2021	438
阳台上的花园	440
在阿那亚	442
收到盖瑞·斯奈德的回信后	444
听老友陈建祖述说往事	446
海魂衫:纪念一位诗人	448

第一辑

1979—1989

在山的那边

一

小时候,我常伏在窗口痴想
——山那边是什么呢?
妈妈给我说过海
哦,山那边是海吗?

于是,怀着一种隐秘的想望
有一天我终于爬上了那个山顶
可是,我却几乎是哭着回来了
——在山的那边,依然是山
山那边的山啊,铁青着脸
给我的幻想打了一个零分!

妈妈,那个海呢?

二

在山的那边,是海!
美丽的、用信念凝成的海

今天呵,我竟没想到
一颗从小飘来的种子
却在我的心中扎下了深根
是的,我曾一次又一次地失望过
当我爬上那一座座诱惑着我的山顶
但我又一次次鼓起信心向前走去
因为我听到海依然在远方为我喧腾
那雪白的海潮啊,远远而来
一次次浸湿了我枯萎的心灵……

在山的那边,是海吗?
是的!朋友,请相信——
在不停地翻过无数座山后
你终会攀上这样一座山顶
而在这座山的那边,就是海呀
是一个全新的世界
在一瞬间照亮你的眼睛……

1979

土　地

最深沉的乡愁召唤着我
——当我特别想家的时候
我就穿过城市，穿过
　雾和高楼的庞大压力
我来了！在一个四野茫茫
谁也看不见的地方
一下子跪下，迸着热泪
　化入了来自地心的吸力……
我没有家吗？世界
却变得像摇篮一样温存
　一群群红蜻蜓被我惊起
又嗡嗡地遮住了我的秘密……

就这样待一会儿，我又走了
——朴素的衣襟随风荡漾
我带回了旷野的赠予……

1981

收获节札记

一

收获月过去了
一个启示：石头多于土地

二

麦子和太阳
都流到哪里去了呢

米勒的拾穗者
在小小的生活面前
弯下了腰去

三

在六月的天空下

收获后的土地
是一首赤褐色的诗

四

夜来了。夜从原野带来了
收获后的疲顿
渐渐向劳动者的手臂蔓延

而在梦中
那金色麦芒的气息
仍在强烈地刺激着人们

五

收获后的土地
是我的土地

让马车把一切都拉走吧
我来到这里,为了
把我的心再一次播种下去

1983

古 楼 兰

当无边的岁月和沙漠
一会儿隆起、一会儿消失
烟缕消亡于炽热的空间
一座座古城在死去……

只有风在这里进进出出
来回宣喻着生存之谜
只有断墙残壁,像倔强的骨骼
迎着时间的雕刀
仍在稀稀落落地向上生长

那些离开它的,不一定活着
那些留下来的,不一定死去

历史就这样倾塌,把它的窗户
一扇扇地开往地下
你也许能挖出一些小小的永恒

却再也挖不出真实的命运

——是这样吗?
我来到这里,迎着扑面的飞沙
却想起了家乡
那个石狮子流泪的故事……

1983

从石头开始

一

电火在夜空一闪
又消失了

而当人把眼睛抬起
一个光的秘密
却注入石头和土地

二

从岁月的
矿脉里,流放出遍地孤独

一个意志,盲目
而倔强
——从黑暗的内部分离

又成为自身的囚徒

三

那在梦中一直活动
并偶尔向我亮出额角的
又是谁呢

醒来,体内已垒满石头

四

生命因孤寂而沉默,在大地之上
化为石头
太阳暴跳着无法进入……

五

也许,有一天
每一个城堡
都将变成石头的迷宫

历史就是：从火到火

从石头到石头

六

于是，云的嘴唇

因祈祷

从废墟上升起

而石头，以其屹立

把又一个疑问

逼入遗忘里……

七

一切，都痛成红褐色了

那从石头里亮起的火光

却照亮我

八

一个真正的、无言的时刻来到

猛地转弯,是隔山的

那块石头

为我指示出向海之路……

1983

中国画（组诗）

山水人物

不是隐士，不是神
你浑然坐忘于山林之间
如一突出的石头

来路早已消失，而木杖
被你随手一丢
遂成身之外的一片疏林

一千个秋天就这样过去
而谁能以手敲响时间，把你
从深深的画框里唤醒？

鱼

鱼在纸上

一条鱼，从画师的笔下
给我带来了河流

就是这条鱼
从深深的静默中升起
它穿过宋元、龙门
　和墨绿的荷叶
向我摇曳而来

淙淙地，鱼儿来了
而在它突然的凝望下
干枯的我
被渐渐带进了河流……

雪　意

雪后。雪在对山上
突然呈现出松林的葱茏
且使我
看清崖石之黑色

哦，需要凝聚起

整个世界的宁静,才能
在这一刻
深深地画出光的呼吸

是谁从雪地上嚓嚓走过?
遂惊醒
灵魂又返回自身……

暝　泊

从夕阳那里顺流飘来
一转弯,泊在山镇之下
泊于渐浓的黄昏
而雾,在这时升起……

系缆在徐徐的晚风上
让小船轻点,再轻一点
并且,为了这内心的喜悦
泼下你如梦的墨吧

于是,夜降临
而隐现于暝色中的舟子

在这时举起杯来,开始

向岸上的第一盏灯火

遥遥地祝福

空　白

你画出了山,画出了云

但这空白处

你迟迟不愿下笔

是怕触醒什么吗

也许,这是一个谜中的谜

一个正在梦着的梦?

于是,你绕开了一步

而使岩松伸开双臂

向着这虚空……

晚　亭

从你的笔下

一座晚亭渐渐耸上峰顶

归人在路上
夕光明灭于远方的层林

再添上几笔,你便去了
而那被画出的石凳
从此替你期待着来人

而我真想登临此亭
让一条条道路自亭下展开
远远地追寻你的足迹

哦,大师!如今谁知道
这座亭子从何而来?
但见飞檐从暮色中翘起
恰如一只鹤
正欲向天外飞去!

         1984

河西走廊

进入这道峡谷后
心就一点一点空荡起来
从列车的窗口望出去,滩地里
　尽是石头
再远处是陡峭的山,山之上
就是茫茫祁连雪峰了
刀刃般闪烁的阳光下
以亘古不化的积雪和每天诞生的
　死亡
刺痛我的眼睛
就是这雪的闪光随着列车移动
就是这不可逼近的雪峰
　在注视着一代又一代过客
我闭上眼睛也感到了它
我一睁开眼睛雪鹰就会向我扑来
我只好不去想它,静下来时

再看山

山连绵起伏

1985

空 谷

没有人。这条独自伸展的峡谷
　只有风
　　只有满地生长的石头

但你走进来的时候，你感到
　峡谷在等着你
　　峡谷如一只手掌在渐渐收拢

你惊慌得逃回去，在峡口才敢
　回过头来：峡谷空空如也
　　除了风，除了石头

1985

倾听音乐的一种方式

不要呆在钢琴房
那样听起来只是一些音响
最好是在院子里
让琴声传出来时,在你的心上
　敲出向往
最好是连想也不想
看着黄昏是怎样漫过庭院
　也就行了
最好是马上离开这个城市
这样,音乐就会顺着你的去路
　前去找你
音乐就会在你的上空无垠展开

1985

触　摸

不断地深入,终于触及泥土
蚂蚁的翅膀扇动
我触摸到一只鸟巢,顷刻间
鸟儿飞走
触摸到沉船,大海呼吸,阴影
离开我独自在城市里走着

不断地深入,进入夏夜,如果我
摸到了那条根
我就会听到整个世界的搏动
为此我写诗,我敲打语言的硬壳
一阵清风透过所有的裂缝

1986

山上与山下

从船上下来,当我们向高处走去
　　向山上走去
河流便落在峡谷里,渐渐
　　看不见了……

这时,已分不清是河流裂开峡谷
　　还是山脊切开水流
我们已在山顶上走着,而桨声
从记忆的底层远去

就这样走着,彼此说些别的
也许是为了忘却什么?
直到从山涧吹来的风,送来
　　汹涌的河声
像一些木头在峡壁间相撞

我们站住了。在峭壁之上

我听到沉闷的心跳、来自涧底的
　　脉动
我感到了峡谷的深度

不知过了多久（也许只是一瞬）
我们又走动了
告别了船，向群山默默走去
内心里却喧腾起一支河流……

1986

秋　天

起风的时候才感到
天气凉了

这时狼从野外的林子里窜过
从干涸的车辙上
风把落叶一阵阵吹来

于是我们回去
抬头之际有鸟飞过

而在沉沉的睡眠中，那只狼
又出现了
并在我们的梦中
像浓雾一样变换着毛色

1986

在一条街的尽头想起梵高

从闹市里出来
心情抑郁地走上街头时,城市消失了
红色的峡谷在楼群间展开
丝柏于风中晃动
远处走来了摇摇晃晃的梵高
这自然是幻觉
在向日葵砍到的地方,矗起了广告牌
但是谁能阻止梵高向我走来
谁敢嘲笑这个可怜的疯子
当他穿过这个钢筋混凝土的世界
他又将画些什么
鸦群又在麦地上低低地盘旋
风把苦艾酒的气味吹来
是时候了!梵高
你和我最终只能选择田野
一声枪响之后
我看见你的手,青筋暴胀

伸向泥土

似要紧紧攥住那最后的爱

1986

预　感

一夜风吹

风喵喵地扑打门窗

风从远方而来，转瞬把一座座城市

　　裹进宇宙的大气流里

这时房子在漂流，你的灵魂

　　开始漂流

你干脆熄了灯，不再写诗

回到黑暗中

让诗来写你

让风把你随便带到一个什么地方

你听到无数声音，经历了

一个又一个世纪

最后在一个看不见的地方

在自己的肋骨深处，听到

风在拔着树木的根

　　　一下，又一下

你躲不开了

秋天终于找到了你

第二天，醒来
推门见满地簌簌的落叶
你已形同老人

1986

盖瑞·斯奈德

斯奈德在北部山区住下了
当他的大胡子,指向松树的树冠
和远处雪山的闪光
在那一刻
他手中的书
掉下了地来

斯奈德在北部山区住下了
他当过海员,还去了一趟日本
绕了一个很大的圈子
最后抵达到这一片土地
在这里,他面山而居
他粗糙的手插进泥土里
摸到了事物的根

从此他很少写诗,却常常
从花岗岩里开采石头

并——把它们安放结实

于是从他的手下出现了一条路

从空空的山谷里

传来了向他而来的马蹄声

1986

五台山遇雨

驶过五百里尘土飞扬的路
进入这座红色峡谷时,山上响起了雷声
接着是雨
在我们身后赶到的
雨

雾气升起
山上的寺院在一片雨瀑中隐去
雨来得这样纵情奢侈
使我禁不住牙关打战
想起了路上的干渴
和僧人手上那只奇怪的木鱼
直到梦中响起
一片流水……

醒来,昨晚扔在屋外的果核
已被雨水打进泥土

雨过之后，是晴朗的日子
是岩石、树木和寺院闪闪发光的日子
早上的风铃响过
山腰传来了诵经的合唱

1987

蝎　子

翻遍满山的石头
不见一只蝎子：这是小时候
哪一年、哪一天的事？
如今我回到这座山上
早年的松树已经粗大，就在
岩石的裂缝和红褐色中
一只蝎子翘起尾巴
向我走来

与蝎子对视
顷刻间我成为它脚下的石沙

1987

光　明

一个从深谷里出来

把车开上滨海盘山公路的人

怎不惊讶于

一个又一个海湾的光亮？

（那光亮一直抵及到山间松林的黑暗里

刀一样，在脑海里

留下刻痕）

又一个拐弯，一瞬间

山伸入海

海进入群山

又一道峡谷，汽车向下

再向下，进入

悬壁巨大的阴影

（车内暗起来）

然后，一个左拐弯！永远

那车在爬一个无限伸展的斜坡

永远，那海湾扑来的光亮

使我忆起了一些词语

和对整个世界的爱

　　　　　　　　　1987 大连

什么地方

山谷中充满了雪,岩石开始裸露
就在我们去年走过的路上
开出了杜鹃

一声鸟鸣,廓开了整个天空
我们对尚未到来的事物说
来吧!我们在这里

生命是一道山坡
向阳的地方辉耀着阳光,那样明亮
但是现在
我们被冬天的精神充满
我们仍在山谷里走着

不知从什么时候开始
也从不到达

1988

刀　子

刀子在黑暗中闪光
我突然想起
一个男人冰冷的眼神

为此他在地狱里已呆了很久

早上起来儿子向我喊一声：早上好！
光明朗照的峰顶，一块石头
滚落到夜的山谷

我停下来，听着黑暗的深度

刀子已不再闪光
大地突然转暗，我逼近
一种夺目的纯粹

1988

赞　美

秋天来了
秋天用果实敲击大地

　而我从酷夏中出来
　我的语言松弛为山谷和大地

秋天来了
秋天的手指间晃动明亮的寂静

　而我踏上通往郊外的路
　我的马车欢快地越过死亡的阴影

秋天来了
秋天已先我抵达那一片枫林

　而我跪下来
　狂吻树木的伤疤，睁开的眼睛

秋天来了

在一阵风与另一阵之间,来了

  而我知道什么在等着我

  坐于群山之中,我全部的血流尽

1988

再也不会有人来了

再也不会有人来了

打开窗户,风声像弦音一样飞过

风声绷紧了黄昏的天空

我收拾好我自己,将残茶泼掉

然后坐下来

我已没有什么可做

天空中已响起死亡的脚步

死亡已踩踏在我的屋顶和头顶上

多么辉煌!城市远离我们

岸远离我们,鸟群在风中

寻找它们最后的家

而我就守在这里

我在下沉。我在等待楼梯上的脚步

如果没有天使下凡

我就等着一个人到来

风愈来愈烈,风摇撼着这栋老楼

风把城市吹上天空

但是我的根在伸展,我的根就

扎在这里

我的执着像弯弓一样饱满

这是积蓄已久的冲动

创伤一触即发

我不再想那些往事

我的诗也不配做我的墓志铭

我在等待着一个人

等着他的到来,他的宣判

等着他坐在我的对面

也许这是赎回我自己的唯一方式

我已无路可去

风声绷紧了无边的天空

活到今天,我就只能去死

我不再推迟

风中已响彻死亡的脚步

一个骄傲的头颅

垂下

……静静的夜里,风松弛下来

而我的创伤,崩裂

1988. 11

诗　歌
　　——谨以此诗给海子

诗歌，我的地狱

我的贫困，我的远方的风声

我从来没有走近你

我的城堡

我的从山上滚下的巨石

诗歌，我的世仇

我的幻影

我恨你，我投身于你

但我离你愈来愈远

我的语言像车轮一样打滑

我自己

加速地变形

诗歌，我的废墟

我的明镜

我的冬日上空凛冽的大气

我写出了一首首痛苦的诗
但我仍无法企及你
我的欢乐
我的消逝的黄金

诗歌,我的死亡
我的再生,我的不再存在的奇迹
你夺去一切,你高高在上
你俯下身来
给我致命的一击吧
现在,我是世界上最后一个
向你祈求的人

       1989.3.24—28

第二辑
1989—1994

一个劈木柴过冬的人

一个劈木柴过冬的人
比一阵虚弱的阳光
更能给冬天带来生气

一个劈木柴过冬的人
双手有力、准确
他进入事物,令我震动、惊悚

而严冬将至
一个劈木柴过冬的人,比他肩胛上的冬天
更沉着,也更
专注

——斧子下来的一瞬,比一场革命
更能中止
我的写作

我抬起头来,看他在院子里起身

走动,转身离去

心想:他不仅仅能度过冬天

1989.11

瓦雷金诺叙事曲
——给帕斯捷尔纳克

蜡烛在燃烧,
冬天里的诗人在写作;
整个俄罗斯疲倦了,
又一场暴风雪
止息于他的笔尖下;
静静的夜,
谁在此时醒着,
谁都会惊讶于这苦难世界的美丽
和它片刻的安宁;
也许,你是幸福的——
命运夺去一切,却把一张
松木桌子留了下来,
这就够了。
作为这个时代的诗人已别无他求。
何况还有一份沉重的生活,
熟睡的妻子,

这个宁静冬夜的忧伤，

写吧，诗人，就像不朽的普希金

让金子一样的诗句出现，

把苦难转变为音乐……

蜡烛在燃烧，

蜡烛在松木桌子上燃烧；

突然，就在笔尖的沙沙声中

出现了死一样的寂静

——有什么正从雪地上传来，

那样凄厉，

不祥……

诗人不安起来。欢快的语言

收缩着它的节奏。

但是，他怎忍心在这首诗中

混入狼群的粗重鼻息？

他怎能让死亡

冒犯这晶莹发蓝的一切？

笔在抵抗，

而诗人是对的。

我们为什么不能在这严酷的年代

享有一个美好的夜晚？

为什么不能变得安然一点，

以我们的写作,把这逼近的死
再一次地推迟下去?
闪闪运转的星空,
一个相信艺术高于一切的诗人,
请让他抹去悲剧的乐音!
当他睡去的时候,
松木桌子上,应有一首诗落成,
精美如一件素洁绣品……
蜡烛在燃烧,
诗人的笔重又在纸上疾驰,
诗句跳跃,
忽略着命运的提醒。
然而,狼群在长啸,
狼群在逼近;
诗人!为什么这凄厉的声音
就不能加入你诗歌的乐章?
为什么要把人与兽的殊死搏斗
留在一个睡不稳的梦中?
纯洁的诗人!你在诗中省略的,
会在生存中
更为狰狞地显露,
那是一排闪光的狼牙,它将切断

一个人的生活，

它已经为你在近处张开。

不祥的恶兆！

一首孱弱的诗，又怎能减缓

这巨大的恐惧？

诗人放下了笔。

从雪夜的深处，从一个词

到另一个词的间歇中，

狼的嗥叫传来，无可阻止地

传来……

蜡烛在燃烧，

我们怎能写作？

当语言无法分担事物的沉重，

当我们永远也说不清，

那一声凄厉的哀鸣

是来自屋外的雪野，还是

来自我们的内心……

1989.12

楼 梯

每当我
踏上这危险的楼梯,以缓慢的步子
盘旋,到达
并点亮灯

如同模仿一种仪式,再次回来
依然被这楼梯
在黑暗中领着
只是在门口不再掏出钥匙
而是举起手来

敲门
仿佛有谁正等着我
也许,在屋子里的
是一个多年前的自己
会把黑暗打开

1990 北京和平门旧居

火 车 站

车站，这废弃的
被出让给空旷的，仍留着一缕
火车远去的气息
车轮移动，铁轨渐渐生锈

但是死亡曾在这儿碰撞
生命太渴望了，以至于一列车厢
与另一辆之间
在呼喊一场剧烈的枪战

这就如同一个时代，动词们
相继开走，它卸下的名词
一堆堆生锈，而形容词
是在铁轨间疯长的野草……

1990.3

词语，刀锋闪烁

词语，刀锋闪烁
进入事物
但它也会生锈
在一场疲惫的写作中变得迟钝

世界是冥顽的
它拒绝一位年轻诗人的结论
却向一个老人敞开
向一个以沉默为家的人
敞开，伸手在即

这时就有刀锋深入、到达、抵及
在具体、确凿的时间地点
和事物中层层推断
然后，一些词语和短句出现
一道光出现

——它们是来自炼狱的东西

尖锐、明亮，不可逾越

直至刀锋转移

我们终因触及到什么

突然恐惧、战栗

1990.8

最后的营地

世界存在,或不存在

这就是一切。绝壁耸起,峡谷

内溯,一个退守到这里的人

不能不被阴沉的精神点燃

所有的道路都已走过,所有的日子

倾斜向这个夜晚

生,还是死,这就是一切

冬日里只剩下几点不化的积雪

坚硬、灿烂,这黑暗意志中

最冰冷的,在死亡的闪耀中,

这是最后的高贵,尊严

星光升起,峡谷回溯,一个穿过了

所有风暴和时间打击的人

最终来到这里

此时,此地。一,或众多

在词语间抵达、安顿,可以活

可以吃石头

而一生沧桑,远在另一个世界的亲人

和高高掠过石头王国的鹰

是他承受孤独的保证

没有别的,这是最后的营地,无以安慰

亦无需安慰

那些在一生中时隐时现的,错动石头

将形成为一首诗

或是彰显出更大的神秘

现在,当群山如潮涌来,他可以燃起

这最高的烛火了

或是吹灭它,放弃一切

沉默即是最终的完成

1990. 8

转　变

季节在一夜间
彻底转变
你还没有来得及准备
风已扑面而来
风已冷得使人迈不出院子
你回转身来，天空
在风的鼓荡下
出奇地发蓝

你一下子就老了
衰竭，面目全非
在落叶的打旋中步履艰难
仅仅一个狂风之夜
身体里的木桶已是那样的空
一走动
就晃荡出声音

而风仍不息地从季节里穿过

风鼓荡着白云

风使天空更高、更远

风一刻不停地运送着什么

风在瓦缝里,在听不见的任何地方

吹着,是那样急迫

剩下的日子已经不多了

落叶纷飞

风中树的声音

从远方溅起的人声、车辆声

都朝着一个方向

如此逼人

风已彻底吹进你的骨头缝里

仅仅一个晚上

一切全变了

这不禁使你暗自惊心

把自己稳住,是到了在风中坚持

或彻底放弃的时候了

1990. 11

帕斯捷尔纳克

不能到你的墓地献上一束花
却注定要以一生的倾注,读你的诗
以几千里风雪的穿越
一个节日的破碎,和我灵魂的战栗

终于能按照自己的内心写作了
却不能按一个人的内心生活
这是我们共同的悲剧
你的嘴角更加缄默,那是

命运的秘密,你不能说出
只是承受、承受,让笔下的刻痕加深
为了获得,而放弃
为了生,你要求自己去死,彻底地死

这就是你,从一次次劫难里你找到我
检验我,使我的生命骤然疼痛

从雪到雪，我在北京的轰响泥泞的
公共汽车上读你的诗，我在心中

呼喊那些高贵的名字
那些放逐、牺牲、见证，那些
在弥撒曲的震颤中相逢的灵魂
那些死亡中的闪耀，和我的

自己的土地！那北方牲畜眼中的泪光
在风中燃烧的枫叶
人民胃中的黑暗、饥饿，我怎能
撇开这一切来谈论我自己？

正如你，要忍受更疯狂的风雪扑打
才能守住你的俄罗斯，你的
拉丽萨，那美丽的、再也不能伤害的
你的，不敢相信的奇迹

带着一身雪的寒气，就在眼前！
还有烛光照亮的列维坦的秋天
普希金诗韵中的死亡、赞美、罪孽
春天到来，广阔大地裸现的黑色

把灵魂朝向这一切吧,诗人
这是幸福,是从心底升起的最高律令
不是苦难,是你最终承担起的这些
仍无可阻止地,前来寻找我们

发掘我们:它在要求一个对称
或一支比回声更激荡的安魂曲
而我们,又怎配走到你的墓前?
这是耻辱!这是北京的十二月的冬天

这是你目光中的忧伤、探询和质问
钟声一样,压迫着我的灵魂
这是痛苦,是幸福,要说出它
需要以冰雪来充满我的一生

1990.12

反　向

长久沉默之后

"长久沉默之后",叶芝这样写道,而我必须倾听。我知道,这不是叶芝,是他所经历的一切将对我们说话。

北　方

在北方,冬日比夏季还要明亮;而在它最明亮、高远的时候,我就听到了一种歌声……

流亡:致米沃什

既然走出了这一步,就不要回头。记忆女神永远不会使你安顿下来。

山顶墓石

山顶上的墓石。雪的耀眼的光芒。每当我乘车经过这里时,我感到了一种注视(我们被谁俯看?);车在向上绕行,而死亡总保持着它的高度。

春 天

长安街上的春天是陌生的;它的绒毛,每一个细节,在一种明亮的氛围中难以辨认;但是,它带回了某种我们熟悉的气味。

就是这些天,我总是睡不好,做些噩梦,或很怪的梦。我恍然想起,一场大雪已在这个国度融化——时间,又开始了。

于是我醒来。我和死去的一切一同醒来。

旅 行

为什么你一再地推迟它?这里面一定有着连你自己也意识不到的原因。

诱 惑

在这个时代,如果我不能至死和某种东西守在一起,我就会漂浮起来。漂在大街上,或一首诗与另一首之间。

对北方原野的追忆

　　问题是：你究竟要到哪里？

　　绿色树林、隔年草垛、村庄……闪闪而过，当火车把你带向远方，当你的内心和一片巨大的原野被召唤出来时——

　　在这一刹那你明白了：这质朴、广大、急速旋转的原野，只是为了让你看它最后一眼才出现的，只是一闪，看了你一眼，永远消逝了……

　　你的家园在哪里？

　　你忍住泪水，在自己的语言中流亡。

诗

　　我在昨晚写下了"雪"，今天，它就在城市的上空下下来了。这不是奇迹，相反，这是对一个诗人的惩罚和提醒。你还能写什么？什么才是你内心生活的标志？看看这辽阔、伟大、愈来愈急的飞雪吧，只一瞬，室内就彻底暗下来了……

见　证

当我想要告诉你什么是真实时，我发现，我不得不用另一种语言讲话。

那　一　年

需要怎样抑制自己，我们才能平静地走向阳台，并在那里观看历史？

马

马啃着盐碱皮。马向我抬起头来。马眼里的黑暗，几千年来一直让人不敢正视。马比我们更依恋土地。

为什么当一个诗人要告别人世时，他的马会踟蹰不前，会一再地回头嘶嘶哀鸣？马，我们内心之中的泥土；马，牲畜中的牲畜。

奥斯维辛

从那里出来的人，一千年后还在发问：我们是有罪的还是无罪的？

道　口

　　栏杆放下，接着，火车轰隆隆地开过来了：强大，不可逾越，喷吐着热气……

　　一刹那，你被震撼。车轮滚滚无尽，而你目睹命运的威力，似被某种精神充满……

　　不知过了多久，你才想起要越过道口。仿佛是从一个遥远的被焦土弄黑的年代回来，你蹬起自行车，浮动在一片轻飘飘的空气里……

晚　年

　　大师的晚年是寂寞的。他这一生说得过多。现在，他所恐惧的不是死，而是时间将开口说话。

启　示

　　在睡梦中，在季节轮转的一瞬，你总会感到一些从不显现的东西。
　　谁启示你？不可言说。
　　你只是默默穿行在欲雪的天空下。你感到有一些更坚实的东西就在你的体内晃荡着,要去呼应这种启示。

你走过这城市时,它依然是喧哗的……

1991.4

持续的到达

1

这只鸟在我手里
是黑色的
但若把它放回到空气里
它会变白

2

文字抵达：一条自雪中走过来的路

3

你坐在那里
毫不动摇地坚持不发表任何意见
一个阴影
呈现出来

4

劳动。一只肩膀的疼痛
右边,比左边的
更疼

5

我们打碎了什么我们并不知道
但从这只龟甲上
我发现了它的裂痕

6

父亲太完善了
以至于发现了他的任何一个缺陷
儿子们都在暗自庆幸

7

传记的正确做法是

以死亡开始,直到我们能渐渐看清
一个人的童年

8

从全部的跋涉、全部的雨雪
到一个被愤怒点燃的格言
生命被夸大了……

9

帝国银行,高耸入云的
等级制度!阴影在卡夫卡的笔下
加深……

10

再一次,脚步声在梦中走动
它一直跟踪着
虽然它并不会在你的生活中到来

11

让风吹过来!让黎明前的乌鸦
咽下最后的黑暗,让我看清
山上的岩石
和那耀眼的积雪……

12

女人们为毁灭的冲动支配着
而在我这里,为谁准备着
一个词的酷刑

13

你一伸手就碰见了死亡
而又抽回手来
佯装什么也没有发生

14

那些把巢穴筑在峭壁上的海鸟有福了

可以孤独,也可以
眺望整个大海的闪光

15

深入黑暗,再深入
时间消失了,我看到那么多的灯
是在死者的手里

16

时间把我们带向死亡
可是还有另一个我,没有来得及诞生

17

盲目的命运
在我们清醒的时候仍在支配着我们
从这词语间,又吹来死亡的风……

18

攀登入生命之境

每一颗从黑暗梦中挖出的种子
依然是碧绿的

19

"主啊,是时候了",这从秋日里传来的
呼喊,因我们在冬日的衰竭
愈加耀眼、响亮

20

风,已在群石间,磨得锋利

21

死于高傲,死于蔑视
死在所有人的面前
死于红尘滚滚

22

你看到了雪

一定是某种黑暗被打翻的时候

23

枫叶于风中熄灭
在我的记忆中，又出现了
一个从峡口
向我们俯看的人

24

我们总得准备一句话
刻在墓碑上
但是把一生的悲欢浮沉凝为一个短句
又过于……

25

在一块石头与峰顶之间，黑暗
永远停不下来

26

时间是邪恶的
死者在雪中死去,而在春天
以最明亮的火
向我们逼近……

27

如果两个人的谈话,突然出现寂静
那或许是因为惊动了上帝……

28

尽管向你的深谷走去
如果有人在天暮时仍然向峰顶进发
他会为你燃亮更高处的灯

1990—1991

诗

> "北京的树木就要绿了"
>
> ——友人书

在长久的冬日之后
我又看到长安街上美妙的黄昏
孩子们涌向广场
一瞬间满城飞花

一切来自泥土
在洞悉了万物的生死之后
我再一次启程
向着闪耀着残雪的道路

阴暗的日子并没有过去
在春天到来的一瞬,我宽恕一切
当热泪和着雪水一起迸溅
我唯有亲吻泥土

那是多么明媚的泥土

曾点燃一个个严酷的冬天

行人们匆匆穿过街口

在炉边梦着辽阔的化雪

只需要一个词

树木就绿了

只需要一声召唤,大地之上

就会腾起美妙的光芒

为了这一瞬

让我上路

让我独自穿过千万重晦暝的山水

让我历经人间的告别、重逢

命运高悬

在这一瞬后就是展开的时间

在这一瞬后就是泪水进流

当内心的一切往上涌

让我忍住

忍住飞雪和黑色泥泞的扑打

忍住更长久难耐的孤独

甚至忍受住死——当它要你解脱

多么伟大神的意志

我唯有顺从

只需要一阵光,雪就化了

只需要再赶一程,远方的远方就会裸露

只需要一声召唤

我就看到——

一个日夜兼程朝向家园的人

正没于冬日最后一道光芒之中……

1992. 3 伦敦

日 记

从一棵茂盛的橡树开始
园丁推着他的锄草机,从一个圆
到另一个更大的来回。
整天我听着这声音,我嗅着
青草被刈去时的新鲜气味,
我呼吸着它,我进入
另一个想象中的花园,那里
青草正吞没着白色的大理石卧雕
青草拂动;这死亡的爱抚
胜于人类的手指。

醒来,锄草机和花园一起荒废
万物服从于更冰冷的意志;
橡子炸裂之后
园丁得到了休息;接着是雪
从我的写作中开始的雪;
大雪永远不能充满一个花园,

却涌上了我的喉咙；

季节轮回到这白茫茫的死。

我爱这雪，这茫然中的战栗；我忆起

青草呼出的最后一缕气息……

1992.9 比利时根特

词　语（节选）

我在深夜里写作，一个在沉默中逼近的人，为我打开了门。

当我爱这冬日，从雾沉沉的日子里就透出了某种明亮，而这是我生命本身的明亮。

黄昏的时候出去送信，而它永不到达！

冬天屹立着，一座废墟上圆柱的宁静；而我们是在其间惊讶的孩子。

这即是我的怀乡病：当我在欧罗巴的一盏烛火下读着家信，而母语出现在让人泪涌的光辉中……

静默下来，中国北方的那些树，高出于宫墙，仍在刻划着我们的命运。

中世纪的人宁愿生活在塔里：这即是那个时代的孤独和疯狂。而为什么到现在我才想起这一点？

在你上路的时候没有任何祝愿，这就是流亡！

当你被生活的脚步溅起来，你并不会马上就落到实处：生活比你要更坚定！

到了莫扎特终于想到也应该为他自己写点什么时，安魂曲开始了。然而，有一种灵魂谁也安慰不了，它只能被一阵永恒的女声合唱接走。

花园美丽，使人想起遥远的事物。

每次我上桥的时候我都感到我不可能跨越——这也许是因为我要到达的，是这座桥本身所不能够抵达的。

我最终发现大教堂是在巴赫的音乐中形成的。巴赫的音乐出现在哪里，哪里即升起一道无上的拱顶。

树木比我们提前到达。在冬天，树比我们显得更黑。

当我再次想起北京的秋天，想到那里一张被死亡所照亮的脸———一种从疼痛中到来的光芒，就开始为我诞生……

而当我唯有羞愧，并感到在这之前我们称之为痛苦的，还不是什么痛苦的时候，我就再一次来到诗歌的面前。

多少年过去了，那从莱蒙托夫诗中出现的高加索群山，仍在为我升起……

我们一再经历着审判，就在我们日益加深的孤独与无助里……

自但丁以来，到帕斯捷尔纳克，诗人们就一直生活在诗歌的暴政之中，而这是他们自己秘密承受的火焰，我已不能多说。

当我开出了自己的花朵，我这才意识到我们不过是被嫁接到伟大的生命之树上的那一类。

卡夫卡的饥饿艺术家仍坐在小广场上：那里并不是没有什么可吃的，但他们体现的却是饥饿本身。因而在人们的嘲笑中他们仍会将他们的饥饿坚持下去。

这就是我们的天空：我们要么优秀，要么在一声鸟鸣中无可阻止地崩溃……

当你来到空无一人之境，你就感到了一种从不存在的尺度：它因你的到来而呈现。

当赞美诗响起的时候，又一代人感到了他们这一生的贫困不可能完成。

而生活再一次要求我的，仍是珍视语言，并把它带入到一种光辉里……

走在北京的记忆中的街道上，天空发蓝。我们呼应着这天空时，我们自己的时代就已经到来。

如果我的写作，能把我引向一种雨中的孤独的死亡，我就是幸福的。我已不能要求更多。

火车不断地从黑夜的深处开过来：你感受着它的震动，但你并不想被它带走！

在马车溅起的泥泞中，在又一个升起的陡坡前，我只好推迟着与诗歌的告别——我们就这样被留了下来。

那里，是从一声女声咏唱中呈现出的我们生命中的明亮；但是，当我向前走向它时，它又移在了我们身后。

为什么你又想起了古希腊悲剧中的合唱队？——它总是在那儿吸引着我们对死亡的冲动！

如果黄昏时分的光线过于明亮，你要忍住，否则它会足以瓦解一个人的余生。

这就是马格瑞特的那些骑手——他们穿过无尽的群山与沼泽地，最后却迷失在大理石圆柱的花园里。在那里，他们的马受惑于一种无声的歌声。

乌云在街头大口吞吐、呼吸，这就是伦敦。而当它变得更暗时，艾略特诗中的路灯就亮了。

我们从不会见到天使。但是，当我们似乎是从某个阴沉的过去脱颖而出时，我感到了她的翅膀在碰。

你一直在说着命运，现在你看清了：那是一颗尖锐的石子所投下的巨大的倒影。

沉默，像在浓雾中移动的船只，它只专注于自身而忘了危险，并且——它也不想拉动汽笛！

你想到了死，而这无非是为某种比生命更伟大的想象力提供保证。但你真要这么做时，你并不能达到肯定。

夜，当一盏烛火展开，我唯一能做的，是在它的上面行走。

你只有更深地进入到文字的黑暗中，才有可能得到它的庇护：在把你本身吞食掉之后。

甚至诗歌也不存在：存在的只是那在黑暗中发光的声音的种子。

世界如此之大，我们只好在高速公路的边上停下来。而在这片断的驻步中，我忽然感到自己变成了另一个人……

正是在音乐的启程与告别中，拉赫玛尼诺夫才忍住了流亡者的伤疼，而把柴可夫斯基的悲歌变成了一种无处不在的精神的闪耀……

在沙发、壁炉与书架之间，一束光线移动。它最终照亮了别的什么地方——当它渐渐解除了深埋在这一切之中的饥饿。

如果策兰仍活着，他会宁愿再次回到那个战后的世界：在那里，生与死赤裸，而语言只剩下最后的一堵墙……

而无论生活怎样变化，我仍要求我的诗中有某种明亮：这即是我的时代，我忠实于它。

临近终点时，我想唯有我在希望火车减速，而其他人，尤其是孩子们，却盼望早点到达：他们是当地居民。

我猜马格瑞特的本意是想画三个传教士默坐在那里，但现在他在暗蓝色的海边留下的，仅为三炷烛火，在风和更伟大的涛声中战栗……

我不得不把这首永不完成的诗写下去，为了有一个结束，以把我带回到开始。

当树木在霜雪的反光下变得更暗时，我们就进入了冬天。冬天是一个黑白照片的时代。

1992.11—1993.11 比利时根特—英国伦敦

布 拉 格

布拉格的黄昏缓缓燃烧
布拉格的黄昏无可挽回
布拉格的黄昏，比任何一个城市的
　　都更为漫长
布拉格的黄昏，刺疼了我的心

谁在这时来到桥头伫望
谁就承担了一种命运
谁从深巷或书本中出来，谁就变为游魂
谁碰巧在这时听到教堂钟声，谁就会
死于无地

流亡的人把祖国带在身上
没有祖国，只有一个
　　从大地的伤口迸放的黄昏
只有世纪与世纪淤积的血
超越人的一生

没有祖国

祖国已带着它的巨石升向空中

祖国仅为一瞬痛苦的闪耀

祖国在上,在更高更远的地方

压迫你的一生

我将离去,但我仍在那里

布拉格的黄昏会在另一个卡夫卡的

  灵魂中展开

布拉格的黄昏永不完成

布拉格的黄昏骤然死去——

如你眼中的最后一抹光辉

1993

另一种风景（选节）

英格兰

空无一人的英格兰，无论你走向哪里，唯有天空相伴随；无论从列车的窗口望出去，或是从倾斜的街角抬起头来，唯有天空是你的骄傲和安慰。一个多世纪前，这浓郁的、大幅度风起云涌的天空造就了风景画家泰纳，而在今天，当它变得更晦暝时，它正好应和了一个流亡者灵魂里的哑语……

无题

在通向未来的途中我遇上了我的过去，我的无助的早年：我并未能把它完全杀死。

斜坡

我们追忆着时光，而这是徒劳的。当我长大，偶尔来到一个更开阔的斜坡上时，从那里，我才看到了我自己的童年：一个独自在麦浪中隐现的孩子。

我却惊呆在那里：当一只蝴蝶飞起，而他被阳光和田野再一次捕捉。

战　后

这就是战后发生的事情：一些人忙于在暗地里洗刷自己、整理衣领；而另一些人则在巨大的幻灭中不得不替死者再死一次。

索尔仁尼琴

在美国，你的愤怒被再次点燃。这一次你不得不再次出来说话：不是为了你的人民，而是为了你的上帝。

猫

主人家的那只猫是白色的，但进入你的诗就变成了深蓝：因为在一个冬夜你与它的眼睛的一次相遇。

站　台

站台是一个词，而无尽的句子就在这个词里。

哑　语

你在说什么？"我在说着哑语"，他艰难地比划着。他在说着盲目的石头想表达的东西，他要竭力说出正在他的房间里变黑的乌云；他愈加无望地比划着，直到使我感到在我这里也同样有着一个永远哑了的人……

移　居

你总是在不停地移居，也许是为了以一种恍如隔世的目光看生活？或是在回头的一刻再次产生"我是否就在那里"的无端追问？

你仍需要前移：你对自身的抵及就在这不断的惊异里。

终　曲

把冬天写到它的最后一天，时间断裂了：从词语的间歇中升起了烟水茫茫……

进　入

　　回家，缓慢地踏上楼梯，打开你自己房间的门：这仿佛是一种周而复始的进入仪式，当你坐下（墙上印下影子），什么也不做，倾听……

替　换

　　醒来，仿佛是黑暗中的一个死者，在让我替他活着。

对　话

　　"你生活在我们这个时代，却呼吸着另外的空气"
　　"问题是我只能这样，虽然我可能比任何人更属于这个时代"
　　"但是，这……"
　　——在初冬，窗玻璃蒙上了一层白霜。

来　临

　　多年之后重临冬日的大海：不再是在别处，是在一粒盐的隐忍中，你要经历的是如此巨大……

阅　　读

阅读变得更困难了：我总是看到死者在词语间挪动。

翻过山岗

天空一无所有，但是当我想起我们从什么地方来时，它的巨石再一次触痛土地。

美　　神

你美丽的眼睛点燃热情；你美丽的裸体，是我们如此不配领受的赠礼。为了占有你，我们曾私心藏起你的翅膀，但我们错了。因为你有时存在于一位美丽的女性那里，但更多的时候却回到一首诗里，或是，化为音乐和风景……

孤　　寂

你表达了什么？"我表达了对于一个时代的幻

灭""我开始目睹我们这一代人一个个死去……""但是在你的书中却有着那么明亮的激情？"——"仅仅由于孤寂"。

缓慢的秋天

看上去已是雾沉沉的冬日，实际上仍是一个缓慢的秋天：在晦暝不明的天气中，它仍保持着一种沉着的精神，直到明亮地一现，出现在一片逼人的寒气里……

——爱这艰难的时光吧，它让我惊异于某种存在，虽然转瞬它又消失在一片灰蒙里……

无　题

在你不得不出来说话的时候，你要做的，却是再一次拒绝给这个时代提供见证。

另一种风景

内心黑暗加深的一瞬，花园和云影骤放光明。"我爱这世界，但我已不能"，那就瘫倒在大街上：这是一生中你唯一的一次赞美。而当黑暗最终把你攫住的一刻，你将看到的不是死神而是天使：她们正从帝国拱门的那边升起。她们飞天过海。她们在你的前世已经到达。

向　晚

空无一人的异国小站，正好负载灵魂：当一列客车在傍晚时抵达，亮起金黄的灯火，离去……
而你坐在那里目睹一切：大地空旷，黄昏美好——你要努力忍受住的是什么，才不至于被它带走？

1993.11　伦敦

纪　念

1

又是独自上路：带上你自己
对自己的祝福，为了一次乌云中的出走。
英格兰美丽的乡野闪闪掠过，
哥特式小教堂的尖顶，犹如错过的船桅，
曾出现在另一位流亡诗人的诗中。
接受天空，墓碑与树林的注视，
视野里仍是一架流动钢琴
与乐队的徒劳对话，而你自己
曾在那里？再一次丘陵起伏，
如同心灵难以熨平。

2

虚幻的旅行。下午二点钟，
唯有检票员怀疑的眼神，表示了

某种肯定。"梦里不知身是客",你试着
用另一种语言把它复述出来,
而在对面,在另一个梦中,幸福的人
正悲伤地读着一本罗曼司,
而从车厢过道的地毯上,开始飘散
一阵阵乌云的气息——它好似
做爱后留下的。"看在上帝分上",
买下一份《泰晤士》吧,不是为了读
是为了把脸藏在它的后面;
而铁轨,如同一个被反复引用的句子
承受挤压,不再发出呻吟。

3

这就是众神的土地?"我来到这里
为了一首十四行诗"。从恺撒大帝的
踟蹰不前(他的力量已为
另一片大陆所耗尽),到弥尔顿、叶芝
相继在他们自己的词句中受阻,
历史一次次扬起骑者的滚尘,
在岁月中一个帝国的意志形成,却失陷在
对它自己的叙述里……

列车再一次摇晃着周末度假的人们,
朝向永不可及的地平线,
而何时,那让人暗自神伤不已的"蓝花花",
已化为一个满脸雀斑
在中途上车的女大学生。

4

于是另一个旅程浮现(如果你学会
以宇宙的无穷来测量自己):从北京
到一个个缓慢无尽的外省……
如同履行一种仪式,在节前
回老家看望父母的人们,期待渐渐
让位于恐惧("良知"是它的学名)
尘埃中一声河南梆子响起:到站了
而你茫茫然不知走向哪里;
(你将再次回到那里,作为陌生人
或者永不?)春节,"穷人的宗教",
父亲的咳嗽,一片无神的干燥的土地;
到处是尘埃的金色手艺与祝福,
泥土的酒与伪造的三五牌烟,一起
呛入你的灵魂……

5

"不是在异邦学会了讥讽,是人到了
讥讽的年龄",回忆如一支冗长的挽歌
在寻求与讽刺的平衡。
雀斑女孩又在轻晃着她的双腿,
眼中发出了物理的蓝色(而不再是梦的),
随着耳机中那无以领略的节奏。
你想到了家乡,父亲的咳嗽传来,
你想起"祖国",奥德修斯却在风暴中闪现,
(而荷马是否应该修改那个虚假的
史诗结尾?)你放下《泰晤士》,
于是母语出现在泪眼中……
远远地,从风云陡起的天空下
升起一个审判的年代,
强烈有如音乐,迎面又错过去了……

6

偶尔的出游,伦敦远了(乌云
仍在反复修辞那个乌云中的城市)

这是时间中的逆行：火车向北、再向北
为的是让你忍受无名；
"在叶芝的日记中我遇上面具：他总在
他不在的地方"，而火车照行不误，
火车不再抽着那种十九世纪的烟卷，
哈代的沼泽却在你的头脑中燃烧；
火车绕开了呼啸山庄，为的是空出另一条路
让你自己抵达到那里；
而当它再一次停稳时，你终于
想起了可怜的拉金："像从看不见的地方
射出密集的箭，落下来变成了雨"。[①]

7

那么我是谁，一个僭越语言边界的人？
音乐对话中骤起的激情？从不到达的
测量员？那么又是谁，为了哈姆雷特
永不从自己的葬礼中回来
最后却发现这并不是一出悲剧？
"当浊雾扑向伦敦街头那些昏暗的街灯

---

① 引自菲利普·拉金（Philip Larkin）的名诗《降灵节婚礼》。

北中国一扇蒙霜的窗户正映出黎明"
——而你曾在那里？永远有一种风暴
在记忆中进行；永远有一只未被杀死的
信天翁，在你的船后追逐……
而我宁愿做个平静的人，"看在上帝分上"，
让火车轻轻地摇着，摇着，直到我能够
听出一种我从未听到的话语。

8

短暂的旅行，长于百年。
人在一首诗的展开中就历尽了沧桑。
车过约克郡：它更空了
而树木退向天边，犹如正在消逝的和声，
车更空了，空得就像为你一人而准备的
旅行，空得使你几乎就要听到
从空中发出的声音……
需要抑制怎样的恐惧，才能独自
去成为？我已不再去问。
其实我已不在这列车上：为你祝福吧，
终点即是斯卡布罗海岬，而它通向无地——

那里,一座座承受狂风的童话式小旅馆
如同诸神丢弃在夏天的玩具

1993 伦敦;1994 北京

伦敦随笔

1

离开伦敦两年了,雾渐渐消散
桅杆升起:大本钟摇曳着
从一个隔世的港口呈现……
犹如归来的奥德修斯在山上回望,
你是否看清了风暴中的航程?
是否听见了那只在船后追逐的鸥鸟
仍在执意地与你为伴?

2

无可阻止的怀乡病,
在那里你经历一头动物的死亡。
在那里一头畜牲,
它或许就是《离骚》中的那匹马
在你前往的躯体里却扭过头来,

它嘶鸣着，要回头去够
那泥泞的乡土……

3

唐人街一拐通向索何红灯区，
在那里淹死了多少异乡人。
第一次从那里经过时你目不斜视，
像一个把自己绑在桅杆上
抵抗着塞壬诱惑的奥德修斯，
现在你后悔了：为什么不深入进去
如同有如神助的但丁？

4

英格兰恶劣的冬天：雾在窗口
在你的衣领和书页间到处呼吸，
犹如来自地狱的潮气；
它造就了狄更斯阴郁的笔触，
造就了上一个世纪的肺炎，
它造就了西尔维娅·普拉斯的死
——当它再一次袭来，

你闻到了由一只绝望的手
拧开的煤气。

5

接受另一种语言的改造,
在梦中做客神使鬼差,
每周一次的组织生活:包饺子。

带上一本卡夫卡的小说
在移民局里排长队,直到叫起你的号
这才想起一个重大的问题:
怎样把自己从窗口翻译过去?

6

再一次,择一个临窗的位置
在"莎士比亚酒馆"坐下;
你是在看那满街的旅游者
　和玩具似的红色双层巴士
还是在想人类存在的理由?
而这是否就是你:一个穿过暴风雨的李尔王

从最深的恐惧中产生了爱——
人类理应存在下去,
红色双层巴士理应从海啸中开来,
莎士比亚理应在贫困中写诗,
同样,对面的商贩理应继续他的叫卖……

7

狄更斯阴郁的伦敦。
在那里雪从你的诗中开始,
祖国从你的诗中开始;
在那里你遇上一个人,又永远失去她;
在那里一曲咖啡馆之歌
也是绝望者之歌;
在那里你无可阻止地看着她离去,
为了从你的诗中
升起一场百年不遇的雪……

8

在那里她一会儿是火
一会儿是冰;在那里她从不读你的诗

却屡屡出现在梦中的圣咏队里；
在那里你忘了她和你一样是个中国人
当她的指甲疯狂地陷入一场爵士乐的肉里。
在那里她一顺手从你的烟盒里摸烟，
但在侧身望你的一瞬
却是个真正的天使。
在那里她说是出去打电话，而把你
扔在一个永远空荡的酒吧里。
在那里她死于一场车祸，
而你决不相信。但现在你有点颤抖，
你在北京的护城河里放下了
一只小小的空火柴盒，
作为一个永不到达的葬礼。

9

隐晦的后花园——
在那里你的头发
和经霜的、飘拂的芦苇一起变白，
在那里你在冬天到来后才开始呼吸；
在那里你遥望的眼睛
朝向永不完成。

冥冥中门口响起了敲门声。
你知道送牛奶的来了，同时他在门口
放下了一张账单。

10

在那里她同时爱上了你
　和你的同屋人的英国狗，
她亲起狗来比亲你还亲；
在那里她遛着狗在公园里奔跑，
在下午变幻的光中出没，
在起伏的草场和橡树间尽情地追逐……
那才是天底下最自由的精灵，
那才是真正的一对。
而你愣在那里，显得有点多余；
你也可以摇动记忆中的尾巴，
但就是无法变成一条英国狗。

11

在那里母语即是祖国，
你没有别的祖国。

在那里你在地狱里修剪花枝
死亡也不能使你放下剪刀。
在那里每一首诗都是最后一首,
直到你从中绊倒于
那曾绊倒了老杜甫的石头……

12

现在你看清了
那个仍在伦敦西区行走的中国人:
透过玫瑰花园和查特莱夫人的白色寓所
猜测资产阶级隐蔽的魅力,
而在地下厨房的砍剁声中,却又想起
久已忘怀的《资本论》;
家书频频往来,互赠虚假的消息,
直到在一阵大汗中醒来
想起自己是谁……

你看到了这一切。
一个中国人,一个天空深处的行者
仍行走在伦敦西区。

13

需要多久才能从死者中醒来，
需要多久才能走出那迷宫似的地铁，
需要多久才能学会放弃，
需要多久，才能将那郁积不散的雾
在一个最黑暗的时刻化为雨？

14

威严的帝国拱门。
当彤云迸裂，是众天使下凡
为了一次审判？
还是在一道明亮的光线中
石雕正带着大地无声地上升？
你要忍受这一切。
你要去获得一个人临死前的视力。
直到建筑纷纷倒塌，而你听到
从《大教堂谋杀案》中
传来的歌声……

15

临别前你不必向谁告别,
但一定要到那浓雾中的美术馆
在凡高的向日葵前再坐一会儿；
你会再次惊异人类所创造的金黄亮色,
你明白了一个人的痛苦足以照亮
一个阴暗的大厅,
甚至注定会照亮你的未来……

       1993—1994 伦敦—北京

第三辑

1994—2006

边　界

"在我醒来之前多少人已越过黎明的边界，
而我们留在这里，
再一次，把启程推迟到来春……"
但是你是对的：如果你一直守在这里，
那些离去的，就将返回。而当他们
返回，谁将作为陌生人？
伟大的生命居所，致命的飞鸟掠过，
风暴消失于荷马史诗的尾部之后，
游动悬崖，会出现在哪一片海域？

于是我们就来到一个话语交汇处。
滨海省份。每一阵咸味的风吹来
都使葡萄园壮大。
在红色与白色的别墅之间，迷楼——
上半个世纪传教士的杰作；
但如果不把邻近的房地产公司与最远处的
那片眺望大海的岬角也包括进来，

它能否构成灵魂的全部风景?
商摊已斜向带岗卫的深宅大院,在政治
与夏天之间是一个松弛的海湾。
(而更为松弛的,是在一首悲歌的斜坡
与喜剧的肚腹之间)
还有什么不可消费的?除了那团
低垂于海平线上的乌云,仍在发出暗示,
使一个侧身向前的泳者无端地停住。

"我就这样给你写信:从街头所遇
到昨夜的梦,它仍然让人
不解其意……"
"多年以来我们为某些东西所支配,
但是这一次我没有带上肖邦,
却发现我是我自己同时又是别的……"
"你怎么样,在异国他乡?我想和你说话,
为什么我们一再抑制自己……"
现在,海似乎更蓝也更眩目了,
这又是一种诱惑。也许在写作中我必须
远离此地?也许我还必须学会退出
自己的话语,如果能够?

> 1994.8 北戴河

无　题

不是在一个时代开始,而是当它结束时,
总会有人向你走来。
而这个人可能正是你多年不见的情人。

1995

致一位尊敬的汉学家

我感兴趣于您的兴趣：东方
虽然我一直不懂它对您意味着什么。
瞧，我不会中国书法，
对于易经或禅宗也不甚了了；
早上起来更喜欢一杯咖啡，而不是
用英国红糖来冲福建乌龙茶。

一种古老的文明正在我们身上消失，
犹如痛苦蜕变后的蝉壳，
而您，要执意为它唱一支挽歌。
唱就唱吧，只是您不会察觉：您使用的
乃是弥尔顿《失乐园》中的韵脚。

而屈原已被您阐释为但丁，
敬畏天命的孔夫子在您的译笔下
也具有了基督教的倾向，
在《金瓶梅》的某一回里，

您还发现了通奸者的道德。
于是弟子们也纷纷赶到,
看能否在王维或孟浩然的黑暗田园里
点燃一盏华兹华斯的灯。

先生,您简直创造了另一个中国,
让我也不知是忧是喜。
只是,关于闻一多的"死水"作何解释,
曹雪芹在《红楼梦》里究竟梦到了什么,
北岛是否就是一个"不明国籍的诗人"?
而当一声噩耗传来,您的东方
您所着迷的小顾城和谢烨哪里去了?

哦,那可能只是一把偶尔扬起的斧子,
但愿从此不会成为您的噩梦。

1995.3

挽　歌

一

这就是被我们自己遗忘的灵魂
一个夜半的车站：没有车辆到达
也没有任何出发。

二

归来的陌生人：
他在物是人非的故乡寻找的不是女人，
更不是往昔的权柄，
而是一支笔。
盲诗人荷马看到了这一切，
但为什么他给我们讲述的
却是另一个结局？

三

夜间的建筑工地。
推土机轰鸣。
它终于为彻夜不眠的失眠者掘出了
一个一直在他身体里作痛的废墟。

四

又一对夫妻离婚,而在五年前
我是他们的证婚人。
还要我讲述事情的经过吗?
不,在悲剧中还有另一个故事。
悲剧诗人应及时地从悲剧中退出
而让一支马戏团欢快地进去。

五

每天她都到网球场去。
她弹跳、扣杀,她发出母兽的喊叫,
而把一道道白色的闪光
留在一个男人阴暗的梦里。

六

"那么让我们走吧,你和我"
你看这京城护城河边的一家家店铺,
犹如夕阳压低的帽檐,
又似一张张嘴,只是吐不出舌头,
好像它们还在等待,等待着永不到来的
礼貌而又尖刻的艾略特……

七

再一次
她向我讲述童年时代的压抑,
讲怎样遭受母亲的痛打,
讲继父怎样……
而这时你最好把你的手放在她的上面
(隔着一张预设的桌面)
否则她还不知怎样讲下去……

八

那么,怎样从钢笔中分娩出一个海洋
怎样忍受住语言的滑坡

怎样再次走向伟大的生命之树
怎样不说"他妈的"而说"我赞美"
而在最真实的激情到来之前
把你的所爱举过头顶?

九

泥泞的夜。在一个女人身体里进行的
知识考古学。黑色的皮包
以及里面准备好的论文……

十

你从旧货市场找到了
一些旧画片(七十年代的美女李铁梅)
和一盏结满油垢的马灯。
你是否就在这盏灯下思念过谁
或是写出了插队后的第一首诗?
一盏马灯带回了一个峥嵘的时代。
然而,当你试着点燃它时
已失去了往日的激情。

1996

布罗茨基之死

在一个人的死亡中，远山开始发蓝，
带着持久不化的雪冠；
阳光强烈，孩子们登上上学的巴士……
但是，在你睁眼看清这一切之前，
你还必须忍受住
一阵词的黑暗。

1996. 2

送儿子到美国

从中国东海岸,到美国西海岸,
中间隔着一片梦幻的海洋;
是什么在揪住我的心?儿子,
直到飞机的轮子
轻巧地落在旧金山海湾机场。

分不清是阳光还是雪光,远山发蓝,
衣领内仍留着一片北中国的寒霜;
孩子,别一直揪住我的手,
在这迷宫闪耀的转机大厅,
你会找到你的通道。

茫茫时空已使一只小鸟晕眩,
接下来会是什么?儿子,系好你的
李宁牌球鞋。让我们再见,
让我在每一首诗中为你祝福;从此
从你到我隔开一片梦幻的海洋。

1996. 2

尤金，雪

雪在窗外愈下愈急。

在一个童话似的世界里不能没有雪。

第二天醒来，你会看到松鼠在雪枝间蹦跳，

邻居的雪人也将向你伸出拇指，

一场雪仗也许会在你和儿子间进行，

但是，这一切都不会成为你写诗的理由，

除了雪降带来的寂静。

一个在深夜写作的人，

他必须在大雪充满世界之前找到他的词根；

他还必须在词中跋涉，以靠近

那扇唯一的永不封冻的窗户，

然后是雪，雪，雪。

1996.3 俄勒冈尤金

坐火车穿过美国

三天三夜,
从西部到东部,
穿过飞雪、森林、城镇、荒原,
睡了又醒。
随身带的小说读过了,
就倾听一对同性恋人的絮语。

现在,火车顺哈德逊河而下,
而车后追着一场暴雨。
河口即是纽约,
惠特曼和阿什伯瑞的纽约,
在那里手持火炬的自由女神
会给你上什么一课?

车厢一片鼾声,
幸福的人无一不挺着他们的大肚皮。
而我醒来,在黑暗中醒来,

坐在空空的吸烟室里，
大地呵如此黑暗——
一张想象中的脸，并没有应诺
从窗玻璃中映现出来。

1996.3

十一月的冰

十一月的冰在流动，在清晨响起的
　　音乐里，在天空的某处
在一张发愣的餐桌上
在我掰开的面包里

在开车送孩子上学的路上
在汽车连续拐弯时
　　那一道后视镜的反光里

在通向死火山的路上
在再次遇到的一只猫的眼瞳里
在一个异乡人的冬天

在时间的反面
在我从厨房窗口望出去的风景里
在一个我不再认识的
　　隔世的花园

十一月的冰在流动

在一个已故诗人的写作中

在门前冰冷的台阶上

在一个缓缓开启的车库里——

在,孩子们永远离去的路上,

在冬天的无尽生长中……

1996.11 尤金

旅 行 者

他在生与死的风景中旅行，
在众人之中你认不出他；
有时在火车上，当风起云涌，我想
他会掏出一个本子；或是
在一个烛火之夜，他的影子
会投在女修道院雪白的墙壁上。

蚂蚁会爬上他的脸，当他的
额头光洁如沙。
他在这个世界上旅行，旅行，或许
还在西单闹市的人流中系过鞋带；
而当他在天空中醒来时，
我却在某个地下餐厅喝多了啤酒。

七年了，没有一个字来，
他只是远离我们，旅行，旅行；
或许他已回到但丁那个时代，

流亡在家乡的天空下；或许突然间
他出现在一个豁然开阔的谷口——
当大海闪光，白帆点点在望，
他来到一个可以生活的地方。

七年了，我的窗户一再蒙上白霜，
我们的炉火也换成了暖气——为了
不在怀念中生活？而我一如既往，
上班、写作、与朋友聚会……
只是孤身一人时我总有些害怕：
我怕一个我不再认识的人突然敲门。

1997 北京西单

孤堡札记

一

森林的缄默迫使我们
从一条羊肠小路上退回来,
(练骑术的人从花园一侧无声驶过)
正午的黑暗加深。
在这里你是时间的囚徒,
同时你又取消了时间。
早上的德式面包,中午的中式面条,
晚上的梦把你带回到北京——
在那里骑者消失,
你恍然来到一个不再认识的国度,
言词的黑暗太深。

二

一个修辞学意义上的诗人

将如何修辞?一阵阵香水味飘过之后,
在露天酒吧刀叉杯盏的碰撞中,
形成的并不是诗的音韵。
而你生来是个唱挽歌的人,为了
从古堡上空再次展开的秋天,
为预先失去的爱情;
为黄昏时一辆亮起金色灯火,到达,
　　离去的公共汽车,
为再次前来找你的记忆……

三

一瓶从中国带来的鸵鸟墨水
培养了我的迷信,一支英雄牌钢笔
一天要喝三次它的奶汁。
"汉语",你对自己说,"我得
养活它。在这里它是我可怜的哑巴,
它说不出话来,但它要吃……"
而墨在历史中闪耀。墨比金子
珍贵。一瓶从中国带来的墨水
吸收了时间的黑,血液的黑,
它甚至迫使死者拿起笔来

——它顷刻就会分娩出你的怀乡病

和一个个与你相望的词……

四

花园。橡树。进去散步的人们

逐渐消失在草木深处,宛如儿童……

而你坐在那里,在最后一个夏日的抚慰下,

什么也不再去想。

但童年的喧闹从记忆的黑暗中升起,

母亲的呼唤也一次次传来;

你只好挪动椅子,似要靠近阳光

似要更深地蜷缩进母腹中……

你从没有像现在这样想念那个生下你的人,

你也从没有像现在这样需要忍住泪水;

你抬起头来,树林和天空寂静,

花园里空了……

五

帝国的版图日渐收缩,

    像从天上掉下来的一件衣服,

穿起来仍嫌过大。

为了赞美你需要学会讽刺,

为了满天飞雪有一个马厩就必须变黑,

为了杜甫你还必须是卡夫卡。

合上书本,或是撕下那些你写下的

　　苍白文字时,你会看到一个孩子

在悬岩的威胁下开始了他的路程,

而冬天也会跟着他向你走来。

六

在起风的日子里我又想起你

杜甫!仍在万里悲秋里作客,登高望北

或独自飘摇在一只乌篷船里……

起风了,我的诗人!你身体中的

那匹老马是否正发出呜咽?你的李白

和岑参又到哪里去了?

茅屋破了,你索性投身于天地的无穷里。

你把汉语带入了一个永久的暮年。

你所到之处,把所有诗人变成你的孩子。

你到我这里来吧——酒与烛火备下,

我将不与你争执,也不与你谈论

砍头的利斧或桂冠。

你已漂泊了千年,你到我这里来吧——

你的梦中山河和老妻

都已在荒草中安歇……

七

寂静的巴洛克古堡,

是谁的拉长的影子在向你致礼?

在花园中的中国亭子消失多年之后,

这里来了一个真正的中国人,但接着,

你的旋转楼梯、回廊和地窖就把他

变成了一个幽灵。他出没于古堡的树林中,

他一次次避开了那些无头或断臂众神,

他一到夜里就以死者的脚步走路……

渐渐地,他的笔变成了囚犯的锉刀,渐渐地,

他不再惊讶于世界的不真实,渐渐地,

他获得了阴影的重量。

八

一封早年写下的情书,多少年后

也许会返回到原来的地址——

你自己,原来就是那个收信人。

而电话中也会传来一个遥远的声音:

"我仍爱你",词儿没有变,听起来

已不是滋味。但你并不想

从身体里发展出一种"讽刺"的恶症。

你写作。你深入到一场

记忆的大雪中。你要从一个人的前生

找到爱,找到可以赞美的东西,

从而创造出你的拯救……

你写呀写,就像从乌云中去找雷电的种子;

你从中出来时,瞅瞅窗外,天空明亮

太阳却变黑了……

九

世代相袭的大公国,

歌剧院门廊的雄伟圆柱,据传

来自罗马时代的拴马桩;

而《俄底浦斯》就在那里上演,

在这漆黑的夜里,仍会传来

一阵直达穹顶的合唱……

那么，让我们去吧，你和我——
如果你的手颤抖，请抓住我的；
如果你想起你自己的父亲，
死者会再次把你搂在怀里；
如果你想呼喊，那就不妨
也刺瞎自己的双眼，和我一起
再一次朝向这无尽的流放……

十

呵，歌者！让我向你致礼，
因为在秋日的光中，在这要把一切
都带走的长风中，你的歌
已抵达到这里。
虽然"苦难未被认识，爱情也未被学成"，①
但是让我向着你的歌走去。
我愿在你的歌中经历一棵树的剧烈变化，
我还必须再次迎向你的目睹……
因为，因为在这满山飞起的黄叶中，
在我的放弃中，在我的不可挽回的失败中，
我又听到了你的赞颂……

---

① 见里尔克《致奥尔弗斯的十四行诗》。

十一

开向花园和秋天的窗户
是否也在朝向一个更遥远的国度?
弗兰达,谈谈你家乡的海,
沉默多年的维苏威火山,或谈谈
你正在读的《魔山》,或但丁的流亡……
可是你的眼中满是期待,你的声音
突然失去——但,接着朝下谈吧,
否则这一刻的沉默会像枪声般震响,
死者也会从庞培城下出来说话……
或是让我们朝向窗外那片秋林
——它经过霜寒,正在迸放它的美,
在我们的忍受中它已燃到了
它的最后一片枝叶……

十二

穿行在这些大理石的头像
和胸像之间,似乎只一步,就回到
两千年前;这些古希腊的武士、智者

或诡辩家,注视着我
却不问我从什么地方来。
我来自一个你们不曾想象的国度,
在那里智者来自黄土,归于黄土,
在那里女皇只给自己留下一座无字碑……
而一尊青铜或大理石塑像能否战胜时间?
我想问。哦,当我发问,我看见
时间的深渊正照亮你们静默的额头……
我像一个迟到的孩子又潜回到早年的
课堂,并在那里听到一声:"嘘——"

十三

渐渐地,在大理石台阶上眺望星空
与在古堡的地窖里出没的,
已不是同一个人。在这里转身
    向西或向东
经历着飞雪与日落的人,
已知道怎样化恐惧为平静。
黑暗的中世纪,仍拥有它不朽的兵器。
爱神,被削去脸和双乳
仍被供奉在那里,为人类的绝望作证。

而你，在结束与一位金发女孩的罗曼史后发现，
原来她是从一幅画中向你走来。
哦渐渐地，夏天转向了另外的国度，
而橡树在雪后显出黑色。

十四

弗兰达，一场早已准备好的
雪，将在我们分手之前落下来；
一列通向那不勒斯的欧罗巴列车
也将正点发车。
而我只能看着你离去，无可阻止地……
我只能回到我的汉语中来。
我也从不指望与你在但丁的天空相逢。
我只有一途：把你写入我的诗中——
写你的为严冬的寒气笼罩不住的脸，
写你明亮的眼睛、起伏的胸……
我写，直到你在我的汉语中开始呼吸，
直到你在我的写作中变成另一个人……
因为，你活着，在世界上任何一个地方，
即是我的怀乡病。

十五

在我写完这首诗后，冬天
就会顺着林中大道径直向我走来，
坚硬的冰碴也将从夏日的花园里渗出。
大雪封山之前，
人们还会纷纷离去。
但是那尊石像仍会留下，偶尔的黄昏，
也会涂亮古堡的最后一扇窗户。
如果你仍会做梦，你梦到的会是一匹马，
艰难地陷在半山腰的积雪里；
如果你发信，它将永不到达；
如果你想呼喊——为人类的孤独，雪
就会更大、更黑地落下来……

十六

这是无数个冬天中的一个，
这是冬天中的冬天。
你写到雪，雪就要落下，
你迎接什么，什么就会到来。

这是滞留者的歌，一会儿就要响起，

这些是词，已充分吸收了降雪前的黑暗；

这是在楼梯上嗡嗡作响的吸尘器，一会儿

就会移入你昏暗的室内，

这将是另一首诗：伐木者在死后醒来。

这已是我分辨不清的马厩，正从古堡

那边的草地向我靠近，

这些是无辜的过冬的畜牲，

在聚来的昏暗中，在我的内心里

它们已紧紧地偎在了一起……

       1997 年冬　斯图加特 Solitude 古堡

一九九八年春节

1

鞭炮再次响起,礼花升得更高,
这一次高过了人们所能望见的星星。
而我在灯下读着奥登:十四行的担架,
一个脸部肌肉下垂的老人,
像下赌注一样,在时间的轮回中押着韵。
忽然我想到他来过中国,他乘坐的军用吉普
仍奔驰在神圣抗战的尘灰里。
而那是另一个人,一个声音执拗地说,
那是另一种历史。
那么,读吧,今夜,在持续不断的鞭炮声中,
我们会来到一种更古老的黑暗里,
会是另一个人,在灯下读着我们的一生。

2

隔洋打来的电话:儿子。他的声音

仍是那么孩子气,但他已学会了某种迟疑。
他和他的父亲,已有了一种用太平洋
不能丈量的距离。而我该怎样表达我的爱?
孩子们在长大,他们完全不想理解父辈的
痛苦,犹如完全不能理解一件蠢行。
孩子们在长大,时间已使你的爱
变为一种徒劳——那么荒谬,那么致命。
从什么时候,你已习惯了在孤独和思念中
对一个从不存在的人讲话?从什么时候,
当那古老的惩罚落在头上,你竟觉得
这也是一种人生的完成?

3

鞭炮在继续,礼花在升起,
取悦于天空,或愤怒于它广漠的虚无。
这里是上苑,昔日皇家的果园,
百年柿林在霜寒中透出了它那不可能的黑;
这里是北京以北,在这里落户的人们
当童年的银河再次横过他们的屋顶,
这才意识到自己永远成了异乡人;
这里是乡土中国,随时间而来的不是智慧,

却是更古老的迷信——又是大年三十，
一个个无神论者连夜贴出门联迎接财神；
而你，却梦见新建的房子泥灰剥落，
砖石活动，时间的脱落的牙齿。

4

干旱的冬天。朋友们来来往往，
谈论着诗歌，或乡间的新鲜空气。
他们有的驱车来，有的打的来，一个个
比十年前更有钱，也更有名。不错，
"诗歌是一个想象的花园"，但其中
癞蛤蟆的叫声为什么不能愤怒地响起？
我目送人们离去，回到大气污染层下，
回到那个于我已日渐陌生的城里。
"我已不再属于这个时代"，这样很好，
这使你有可能想象但丁回首眺望佛罗伦萨的
那一瞬，这使你有可能属于这个漫长的
冬夜：它在等待着你。

5

春节过后，这里又会出现寂静，

乡村的人们，会忍受世世代代的寂寞。

冰雪会融化，布谷鸟会归来，放蜂人

会把他们的家挪到山坡上；

莫妮卡也会从德国到来，并为我的院子

带来一些我叫不出名字的花籽；

一枝隔年种的桃花也许会像梦一样开在窗前。

但是，有什么已永远离开了我们，那是

在去年秋天，那是一排南飞的大雁，

那是飞向远空的生灵，那是

语言的欢乐：它们歌唱，它们变换队列，

它们已永远从你的视线中消失……

                        1998年冬 昌平上苑

第四十二个夏季

1

夏季即将过去。
蟋蟀在夜里、在黑暗中唱它最后的歌。
秋凉来到我的院子里,而在某处,
在一只已不属于我的耳朵里,
蝉鸣仍在不懈地
丈量一棵老榆树的高度。

2

夏季即将过去,
它的暴力留在一首膨胀的诗里。
整个夏天我都在倾听,
我的耳朵聋了,仍在倾听;
先是艳俗的蛙歌,然后是蚊虫,尖锐的
在耳边嗡嗡作响的痛苦;

现在，我听到蟋蟀振翅，在草棵间，

在泥土的黑暗里，

几乎表达了一种愤怒。

3

夏季即将过去，

生命中的第四十二个夏季过去而我承认

除了肉体的盲目欲望我从生活中

什么也没有学到。

现在，我走入蟋蟀的歌声中，

我仰望星空——伟大的星空，是你使我理解了

一只小小苍蝇的痛苦。

1999.9 昌平上苑

冬天的诗（节选）

1

多年以后他又登上了长城，他理解了有一种伟大仅在于它的无用。

2

雪仍在下。在晦暝的天气中，这细密、几乎看不见的雪：它像是一种爱，仍在安抚着辛劳了一年的大地……

3

我再次感到了我的北京，当我从冬日的写作中抬起头来：一个近在眼前而又远在另一个世纪里的城市。

4

他永远是一个泥泞中的孩子。他只想哭,但还没有学会诅咒!

5

入冬以来,田野上又出现了雾。也许,冬雾本身就是一种语言、一条田野的舌头,它诉说着,飘移过公路,在泥沼地的深处消失……

6

一位父亲给他远在他乡、一去不回的儿子写信,写到最后却又把信撕了——为一种多余的、无人能继承的痛苦?

7

昨夜寒流袭来,今晨田野一片银白,道路两侧蒙霜的荒草灿烂。寒风仍在吹拂。如果我们的身边是海,它一定会如梦如幻,会在这彻骨的暴力中发蓝……

8

他像逃税一样烧掉自己的早期作品。他还要烧,直到自己一无所有。

9

几乎是所有我见到的人都在这个冬天变老了。你还要更老一些,老得足以使你看到童年的方向。

10

城里的朋友来了,来到乡下欣赏雪景。就在这里住下吧,不仅看进放的晚霞,也和我们一起倾听——那起于夜半的、在你我灵魂的裂隙中呼啸的西北风……

11

不是在雾散去时,而是在乡愁变得格外清澈时,我们才注意到一匹马的存在。

12

如此多新冒出的酒吧,并没有把这里变成巴黎。它缺点什么呢?它缺少一条从我们身体中间流过的河,一阵从物质中透出的风……

13

多年以后他又打开《清明上河图》:不再只是为了那高超的史诗笔触,而仿佛是为了还俗,为了混迹于车水马龙之中,为了屈从于生活本身的力量,为了把灵魂抵押给大柳树那边的那座青楼……

14

不是病疼,而是某种书写最终在他身上化为一阵抽搐。

15

又一阵从身后追来的西北风。在雪雾的引导

下,艰难的行车人!你要努力辨认的,已不仅仅是道路……

16

舞台搭起来了。只有小丑才能给孩子们带来节日。

1999 年冬 昌平上苑

来　临
——给 M

犹如梦中，抬头之际

又一架飞机从空中划过，

在这美丽的漫长的夏日的黄昏；

但我知道，奇迹不再降临，

我也不再是那个手持鲜花

在机场出口迎候的人；

这满园盛开的月季是多余的，

忠诚或不忠也是多余的，

我已心如死灰。

如今，我已安于命运，

在寂静无声的黄昏，手持剪刀

重温古老的无用的手艺，

直到夜色降临。

2000.7 昌平上苑

变暗的镜子（节选）

一

热爱树木和石头：道德的最低限度。

二

时代在进步，傍晚时分在路边招手的染发女孩也多了起来。为什么你不把车停下？你还有什么可骄傲的？难道你高贵的灵魂真的会比一把她们的梳子更为不朽？

三

葡萄酒沉睡在你的头脑里，而忘却的痛苦有时比一枚钉子尖锐。

四

终有一天,你会忆起京郊的那家苍蝇乱飞的小餐馆:坐在那里,望着远处希尔顿大饭店顶层的辉煌灯火,你第一次知道了什么叫做对贫苦人类的侮辱。

五

机场关闭,暴风雪仍在发疯地填着大海;不是回家,而是一种对话变得更困难了。

六

那些已知道在严寒中生活是怎么一回事的人,将从院子里腾出一小块地来,种上他们的向日葵。

七

是到了从墙上取下从前女友的画的时候了,但,在新女主人投来的目光中,该把它放在何处呢?

八

活到今天，要去信仰是困难的，而不去信仰是可怕的。

九

发霉的金黄玉米，烂在地里的庄稼，在绵绵秋雨中坐在门口发愣的老人。为什么你要避开他们眼中的辛酸？为什么你总是羞于在你的诗中诉说人类的徒劳？

十

如果一头驴子说它是伟大诗人，你要肃然起敬，因为这是在一个诗的国度。

十一

当你变老，开始接受儿子眼中那一丝讥讽的眼光，就像在一个等待已久的节日里，却得到一份最不应有的礼物。

十二

我喜欢听这样的音乐,在大师的演奏中总是响起几声听众的咳嗽:它使我重又在黑暗中坐下。

十三

不是你老了,而是你的镜子变暗了。

十四

不是你在变老,而是你独自用餐的时间变长了。

十五

不是家乡的女人不贞,而是那个在风暴中归来的水手已瞎了多年。

十六

你每天都在擦拭着房间里的松木地板,是为了和你的永不降临的赤足天使生活在一起？没有天使。在你的墙角上方，一只大蜘蛛下凡。

十七

早上起来听管风琴，黄昏时听小提琴，晚上听钢琴；而在夜半醒来后，你听到的，是这无边的寂静。

十八

再一次获得对生活的确信，就像一个在冰雪中用力跺脚的人，在温暖自己后，又大步向更远处的雪走去。

十九

多年之后重游动物园：她仍一如既往地迷恋于蛇馆，而你想看到的已不再是老虎或天鹅，现在，你走向被孩子们围住的猴山。

二十

当他像苦役犯一样完成这一生的写作，我想他将走出屋子，对着远方这样喃喃自语地说：孩子，现在，我可以感受到温暖的阳光了，我可以听到从你的花园里传来的你的女儿的笑声了……

          2000.2 昌平上苑

未完成的诗

1

在你死后人们给你戴上了桂冠,用大理石
把你塑在广场,孩子们
在上幼儿园时就被带到这里参观,
鸽子仍无辜地在你头上拉屎;
放逐的火把早已在黑夜中远去,咒骂随着雨水
渗入大街小巷的石缝;如今
你的画像已摆上满城的店铺和地摊,甚至
你与贝雅特里齐痛苦的爱也被想象出来,
被印上彩色的明信片,满城出售。
在一个伟大诗人的缺席中,
人们仍活得有滋有味:古老的城墙早已拆毁,
一个城市在对地狱的模仿中
成倍增长。

2

这是早春二月。一条青石小巷把我引向
一座灰暗、陡峭的塔堡——你的像谷仓一样
寂静的故居。哦,佛罗伦萨!那迷宫似的
古老街巷,通天塔一样的奇异钟楼,赋予
你的诗以深度和高度;那巨蟒
仍在博物馆里缠着悲号的父与子,那苦役犯
弯下的背上仍驮着石头,那吐火怪兽
仍在广场上引导狂热的大众;人性的结构
远比政治和神学捉摸不定,而你为什么
把淙淙流淌的阿诺河,变为一条
冒着尖锐琉磺烟雾的河?为什么把刁钻油滑的
佛罗伦萨市民,变为被地狱的狂风
无情鞭打的灵魂?这更是一个谜。
游客的潮水散后,我来到你的塔堡下,
体验一个人永远离去后的寂静。

3

那么,我来到这里,在陡峭春寒中
看到你圣徒般的头像仍凝视远方,

对满广场的小玩意和讨价还价不屑一顾；
我来到这里，因为那只当途拦住你的花斑豹
早就出现在屈原的流亡途中，因为那只扑向你的
眼中闪着饥饿绿火的母狼，此刻仍一步不舍地
紧跟在我们的身后；
我来到这里，因为一种青铜的火正烧在胸中，
因为一阵巨石的轰然滚动，使我一回头
看到一个人，仍在那裂开的峡谷里……
我看到这一切，诗人！打开你的塔堡的门，
让我带着一双疼痛的脚，
踏上这黑暗楼梯的第一级吧。

2001.2 佛罗伦萨—慕尼黑

布　谷

我又听到了布谷,
在这五月的黑暗的田野。

布谷一叫,麦子就黄了,插秧的时节也快到了,
但那是小时候。
现在,它的出现已和庄稼无关,
在这高速公路分割的郊外,也很少有庄稼。
但它的声音仍在传来。

它的声音传来。
而我的诗,也写到了这一行。
我听着它,
我停下笔来听着它。
它从一片田野飞到另一片田野,
它似乎在寻找另一只,
(它永远在寻找另一只)
它只是一种孤单的、无法安慰的声音。

它是一种什么样的鸟，我已无法想象，
我听到的只是声音。

夜多静啊。
布谷的声音传来，伴着深夜的一位写作人。
它要让他知道，有一种昼伏夜出的生灵
在世上还没有绝迹？
有一种声音，只可静静独听？

而我的诗，也不得不写下去。

2002.5 昌平上苑

野 樱 桃

在春天它最早开花
一树细碎的粉中带白的繁花
花还没谢
绿荫下的青果已经萌生
在一周内它们就会变大变红
一簇簇缀满枝头

而我却想起了《樱桃园》
想起了契诃夫
三姐妹尚未出场
便听见远方斧子的震动声
斧子的闪光
满树的枝叶纷飞散落
那迸溅的汁液
是血

是血的墨汁

你却再也不能用它

来书写优雅的艺术

2003.4 昌平上苑

为翻越燕山而写的一首诗

小汽车爬山,如一只闪亮的甲壳虫——
你想起了古代那些骑马的首领。
这是你唯一能够想起的。

夏,北方山岭的夏,
或南方家乡的夏,
只要有树的地方就有蝉鸣,
如金属的细微的切割声,
如不绝如缕的记忆,
如一座千年石莲缓缓绽放后
给你和我所留下的……

寂静,用轰响的引擎也推不开的寂静。

2003. 8

12月7日,霜寒

仿佛一道巨大的冰川从深海中突然涌现,
有一种真理的到来,
使我们目盲。

茫然,如这一夜间蒙霜的耀眼田野。
在一枝晶莹的弯垂的苇草上,
是喜悦的重量。

2003.12.7 昌平北七家

从城里回上苑村的路上

入冬的第一场大风之后
那些高高低低的鸟巢从树上裸露出来
在晴朗的冷中
在凋零、变黄的落叶中
诉说着它们的黑

但是那些鸟呢
那些在夏日叽叽喳喳的精灵呢
驱车在落叶纷飞的乡村路上
除了偶尔叭的一声
不知从哪里落在挡风玻璃上的排泄物
我感不到它们的存在

家仍在远方等待着
因为它像鸟巢一样的空
像鸟巢一样,在冬天会盛满雪
啊,想到冬天,想到雪

便有长尾巴的花喜鹊落地，一只，又一只
像被寒冷的光所愉悦
像是要带我回家

2004

晚　景

他每天傍晚下楼去买一份晚报
回家，就着窗口的光线来读
他读得是那样忘情，直到再也看不见
直到他开始变瞎
直到一阵阵喧闹声传来
从街心的儿童游乐场

于是他开始听，在黑暗中听
听着黄昏的孩子们的喧闹声
其间夹杂着一个更小的孩子委屈的哭声
他听着这一切
听着听着他自己就在其中
他就是那个一屁股坐在地上大哭的孩子
啊童年，遥不可及的童年
带着黑暗中的光亮
声声相闻

而他面前的距离仍在扩大

他不想开灯

他要让孩子们的喧闹声带着光亮升起

在黑暗中纵情描画

他是多么感动于这个冬日的暮晚

给他带来的瞎

       2004 昌平北七家

局 限 性

"你也有局限性!"有一天,一个朋友
突然这样对我讲,"当然",
我这样答到。

但我知道,我什么也没有回答,
我怎么知道自己的局限性?
多少年来我看到的
只是树木和石头,
只是石头在雪后的投影。

我只知道我穿的鞋
和我开的车都在朝一个方向倾斜,
我还知道我在梦中能飞,
——这样的梦
总是使我醒来
带着浑身的疼痛。

2004

诗　艺

当我试图看清我自己的生活时
我有了写诗的愿望

当我渐渐进入暮年我感到了
那让一个人
消失的力量

当我驱车缓缓进入黑暗的庭院
被车灯照亮的路边的花朵
就是地狱的花朵

2004　昌平上苑

田 园 诗

如果你在京郊的乡村路上漫游
你会经常遇见羊群
它们在田野中散开,像不化的雪
像膨胀的绽开的花朵
或是缩成一团穿过公路,被吆喝着
滚下尘土飞扬的沟渠

我从来没有注意过它们
直到有一次我开车开到一辆卡车的后面
在一个飘雪的下午
这一次我看清了它们的眼睛
(而它们也在上面看着我)
那样温良,那样安静
像是全然不知它们将被带到什么地方
对于我的到来甚至怀有
几分孩子似的好奇

我放慢了车速

我看着它们

消失在愈来愈大的雪花中

2004

唐玄奘在龟兹，公元 628 年

苦呵，人生苦，倘若转世
一定做一只鸟在天上飞
而不是在地上走
这热气炙人的火焰山
这钻进牙缝的沙
这磨破脚踵的石头
这汗和虚脱
有多少次，几乎要像骆驼一样倒下

而凶象如此之多，不只是牛魔王
在梦里无声地驱赶、狞笑
还有那些无名的小丑和
扮鬼脸的妖怪
一次次使我在夜里醒来
想起赋予的使命
便满怀屈辱

醒来，便是这荒凉的宇宙

这死去的山

这寸草不生的戈壁

这荒废佛寺上偶尔的蝉鸣

比幼时听到的虎狼的啸叫

更让人惊恐

于是我知道了我是谁的使者

于是我从这里再次向西

迈动已迈不动的脚步

却看见一个身影在前面

我走，他也走

我停下来

他仍在走

顶着正午那一阵阵的热浪走

他不走，那流动的沙丘就会将他吞没！

2004

新　年

新年没有钟声

没有雪

人们都待在自己家里

大街上车辆少了许多

我进城去了那家熟悉的书店

幸好没碰上熟人

在那里静静地转悠了一个小时

买了一本杂志三本书

算是送给自己的礼物

新年没有祝福

也没有诗

在回来的路上

甚至遇上了一场车祸

死者已被拉走

警察在清理现场

我们被堵在那里，仿佛排队默哀

仿佛被拉走的

是另一个自己

空气因而发生了变化

风声听起来也更遥远了

回家,一岁零三个月的儿子

向我蹒跚走来

他的趔趄

恰像一个逗号

使时间摇晃了一下

我伸出手来

把他紧紧抱住

　　　　　　　2006.1.1 望京慧谷阳光

小区风景

遛狗的老人佝偻着腰
在狗的后面跟着,说着话
　　或什么也不说
时走时停,他与他的狗
总是保持着三米的距离

这是小区的风景之一
人们见惯不惊
直到有一天黄昏我走下楼来
突然感到
三米之外有一个幻影
仿佛一个人的灵魂
在那里嗅着青草

我愣在了那里

我想,再过十年

或二十年
我也会有那么一条狗
它会带着我,每天每天
走向我自己的黑夜

2006

橘　子

整个冬天他都在吃着橘子，
有时是在餐桌上吃，有时是在公共汽车上吃，
有时吃着吃着
雪就从书橱的内部下下来了；
有时他不吃，只是慢慢地剥着，
仿佛有什么在那里面居住。

整个冬天他就这样吃着橘子，
吃着吃着他就想起了在一部什么小说中
女主人公也曾端上来一盘橘子，
其中一个一直滚落到故事的结尾……
但他已记不清那是谁写的。
他只是默默地吃着橘子。
他窗台上的橘子皮愈积愈厚。

他终于想起了小时候的医院床头
摆放着的那几个橘子，

那是母亲不知从什么地方给他弄来的；
弟弟嚷嚷着要吃，妈妈不让，
是他分给了弟弟；
但最后一个他和弟弟都舍不得吃，
一直摆放在床头柜上。

（那最后一个橘子，后来又怎样了呢？）

整个冬天他就这样吃着橘子，
尤其是在下雪天，或灰蒙蒙的天气里；
他吃得特别慢，仿佛
他有的是时间，
仿佛，他在吞食着黑暗；
他就这样吃着、剥着橘子，抬起头来，
窗口闪耀雪的光芒。

2006.2 望京慧谷阳光

第四辑 2007—2015

在纽约州上部

在纽约州上部,
在一个叫汉密尔顿的小镇,
在门前这条雪泥迸溅、堆积的街上,
在下午四点,雪落下时带来的那一阵光,
一刹那间,隐身于黑暗。

2007. 11

和儿子一起喝酒

一个年过五十的人还有什么雄心壮志
他的梦想不过是和久别的
已长大的儿子坐在一起喝上一杯
两只杯子碰在一起
这就是他们拥抱的方式
也是他们和解的方式
然后，什么也不说
当儿子起身去要另一杯
父亲，则呆呆地看着杯沿的泡沫
流下杯底。

2007.10 马萨诸塞州阿默斯特

悼亡友
　　——给余虹

你被免除的债务,我尽力来还。
你找回的爱,会由冬日落下的雪
和故乡的野菊花照料。
你的笑容从那一刻
成了一个谜。
从纽约到汉密尔顿,长途大巴
仍是那么不快不慢地开,
我已写不出半句
哀歌的诗行。

我们的行李箱拖着我
轰隆隆地走在异国十二月结冰的路上。

　　　　　　　　2007.12 纽约州汉密尔顿

在塔尔寺

在塔尔寺,那棵神秘的
禁箍在老塔内的菩提树,
多少年来
一直让人伏地膜拜,
而它在黑暗中的根
在五十米的墙外长出了另一棵——
那绽放的花朵,在风中说着一种
我们更不懂的
语言。

2009.8

青 海 行
　　——献给昌耀

1

在坎布拉
赤裸的峡谷和盘旋的
山道上,我看到
一条清澈发蓝的河,
他们告诉我这就是黄河——
一条尚未被泥沙搅浑的河……
但我们还得往前走。
我们还需要走多远,
才能找到
那最初的爱?

2

日月山下,
那青稞的锋芒

和迎风绽放的土豆花，
几乎把我带回到我自己的
麦浪中的童年，
而藏红花却是那样红——
我从未见过的
异样的红，
它为什么这样红？

3

那日月山上的天葬台
是为谁准备的？我不敢问，
我只愿一个有罪的肉体，
也能被秃鹫的利爪接受——
撕开它吧，然后顺着
转经轮的方向
绕山而去，把那已不属于我的魂
携向天国——
如果我们，也可以被接受。

4

多少年了，唱花儿的少年

已是满鬓白霜了,
他仍在唱着同一支歌,
他的歌中仍噙满着泪,
他的目光仍朝着同一个方向,
他的嗓音早已沙哑,
但他仍在唱——
他把我也变成了一个
爱的
悲哀的
学徒。

5

流放的诗人,
这里的酥油,女人,
和带着嗡嗡飞蝇的干馕
会使你得以幸存。
在这里你的汉语是苍白的,
你曾经写下的诗也是虚伪的,
在这里你必将死一次,再死一次……
然后有一只手会为你燃起一盏
酥油灯,在一个暴雪之夜,

而在野鹿、牦牛的注视下，
你，仿佛是为了接生而拧开
你那已生锈的钢笔……

6

这是八月。
就在去塔尔寺的路上，
天色骤然变暗，
在那一瞬我看到雪山闪耀，
（我们的车窗内
甚至还透进了它的光）
但在回来的路上，
它消失了……
而转经轮仍在那里转动，
不停地转动。

7

而那些以额抵地的信徒
在坎坷的山道上
已叩首了九千九百九十九次了，

（其间，有的还起身摸出手机
查看上面的信息）
也许再叩拜一次，
神就要对你们讲话了；
也许再重重地叩一次，
你们中的一个
也许会力竭而死——而这
是否也就是得救。

8

还需要走多远
才能找到那最初的爱？
还需要走多远，才能发现
一朵绽放的雪莲？
雪线以上，
我们已无力到达，
而前面，那片藏红花的披肩
还在飘……

2009.8

哥特兰岛的黄昏

哥特兰的黄昏平静如镜
哥特兰的黄昏波光轻溅,仿佛有什么
  在那里喃喃自语
哥特兰的黄昏把我的目光再一次引向天外
哥特兰的黄昏镀亮
一抹乡愁的帆影

哥特兰的黄昏美得让人绝望
哥特兰的黄昏不属于你
哥特兰的黄昏属于那些戴着头盔
  从你的身边欢快骑车而过的孩子们
哥特兰的黄昏属于那个在岸边披衣而坐的少女
哥特兰的黄昏更属于那些一代代
长眠在这里的死者

哥特兰的黄昏有点凉
哥特兰的黄昏正从那些向海而立的

岩石的身上消退

哥特兰的黄昏属于那几只在礁石间、在变暗的

　　空气和光中发出清脆鸣叫的水鸟

哥特兰的黄昏属于大海

它转瞬就会把这一切喝尽

哥特兰的黄昏

注定要瓦解一个人的余生

　　　　　　　　　2009.8 瑞典哥特兰岛

特朗斯特罗默

中风后半瘫的大师
抒情诗人永恒的童年
在夫人的照料下
接受四方诗人的朝拜
在夫人的照料下
像个乖孩子一样进食
嘴里不时地发出"哦——""哦——"

但他的眼睛却是清澈的
他的目光甚至像多年前那样尖锐
当他"哦""哦"的时候,谁知道
他究竟要说什么?

他是幸福的
没有获得诺贝尔奖
也没有因为他的写作疯掉
而是在一位伟大女性的照料下

坐在轮椅上

倒退着回到他的童年,并向人们

发出了孩子似的微笑

那微笑,怎么又像是嘲讽?

他还用一只未瘫痪的左手为我们弹钢琴

那黑鹂鸟般弹跳的音乐

潮汐般涌来的音乐

我们听不懂,很可能

那个特意为他谱曲的人也听不懂

我们都读过他的诗

我们远远而来,我们"从梦里往外跳伞"①

降落在这座朝向光亮的海湾

  由国家提供的公寓里

我不想只是满怀敬意地看着他

我想拉住他那有些抖颤的手

这出自谁的意志

---

① 特朗斯特罗默有"醒悟是从梦里往外跳伞"的名句。

他在自己的灰烬中幸存

像一只供人参观的已绝迹的恐龙

2009.8 斯德哥尔摩

写于新年第一天

那紫色的、粘在结冰路面上的儿童气球
在十二月的冷风中飘摇

像是被一只快冻僵的小手,丢弃在那里

一辆车开过来,左绕右绕
像是在面对自己的良心
绕过去了

第二辆紧跟着就开过去了
第三辆放慢车速,有点打滑,终于
也绕过去了

但你还是听到了那"啪"的一声
当你在夜半进入写作
在一阵陡峭的
被刺破的黑暗里

2011.1.1 望京

重写一首旧诗

重写一首旧诗,
这不仅仅是那种字斟句酌的艺术,
这是冒胆揭开棺材盖,
探头去看那个人死去没有。
这不是与过去而是与一个
错过的未来相逢。
这是再次流泪回到那个晚星乍现的黄昏,
去寻找那颗唯一的照耀你的星,
直到路灯在那一瞬刷地亮了……
但此刻,我是在一座吱嘎作响的老楼上,
我让一首旧诗写我。
我已让它写我了很久很久。
我看到暮色从它的最后一行开始,
我还听到(似乎听到),
楼下有人带着咚咚的脚步声
从昏暗的楼梯上摸上来,
但又下去了……

2011

贝尔格莱德

贝尔格莱德，国家大剧院露台，
昔日独裁者挥手的地方，
现在诗人们登台朗诵；
广场上人头攒动，
有轨电车不时驶过，
但却不是为了
押韵。

而我来到这里，张开嘴
带着遥远的回声；
我以语言锻炼的视力，
来看权力的结构，
我看到了什么？
诗人们竭力念着，但还不如
喊几句口号。

贝尔格莱德，

我还是爱在你的老街上漫步，
这里的秋天，
比我的城市要提前两周；
在火炬般的杂树中，
一座座昔日英雄的青铜雕像
落满了花白鸽粪。

我还爱在你的小酒馆坐下，
手握一杯本地的烈酒，
看"东欧"的美女们走过，
也看那些拄拐杖的老兵……
我看着，并朝杯子里加冰，
也许在那一刻，我才真正找到了
我要写的诗——

2011. 9. 17

外伶仃岛记行

外伶仃岛像一只走不动的船

永远抛锚在那里

涛声,拍打着它岩石的船舷

松树

椰子树

无名的花草

从它的石缝长出

在一个流亡者的诗中

或许也充满了裂缝

因而船上的争论会一直延续到

码头边的饭桌上

我们都在歧义中
划桨

2012.6 珠海

一些地名

驱车在胶东半岛
日照
灰树
成山角
鱼鸣嘴
乳山
即墨
凤凰尾
文登
老母猪湾……
这些都是诗
都曾经是诗
最难解的一首
是灰树

2012.7

岛上气候

在早上的雾

下午的瓢泼大雨之后

现在是飘散的彤云

瓦蓝的天空

远山那亮丽耀眼的光,如一道

鲜艳的伤口,被一只

惊弓般跳起的鱼

看见

如果这里的冬天有雪

风把刺柏吹成

墨绿的火焰

2012.7 黄岛薛家岛

黎明时分的诗

黎明
一只在海滩上静静伫立的小野兔
像是在沉思
听见有人来
还侧身向我打量了一下
然后一纵身
消失在身后的草甸中

那两只机敏的大耳朵
那闪电般的一跃

真对不起
看来它的一生
不只是忙于搬运食粮
它也有从黑暗的庄稼地里出来
眺望黎明的第一道光线的时候

2012.7 薛家岛

细沙和粗沙

有的海滩上的沙很柔和
有的海滩上的沙粗砺
它们来自不同的岩石

大海的打磨
远远比我们有耐性

我们的脚
也比我们的头
知道得更多

2012. 7

题"雷峰夕照"

在雷峰塔

风景即是伤痕

一座塔影

提示着我们过去

现在

和将来的故事

在雷峰塔

总是有一道

莫名的咒语

也总是有

对奇迹的等待

和恐惧

在雷峰塔

有人说

最好的风景总是来自于

大雷雨的洗礼

——在雷峰塔
伤痕即是风景

2012.10 为"西湖国际诗会"而作

在那些俄国电影中

在那些俄国电影中，
总是有暴风雪，有到达或告别的
火车（并且总是喷吐着浓重的蒸汽）
有贵族的最后的舞会
还有优雅的主人公，他一走向阳台
我们就知道
历史将在那里上演

我是一个来自中国山区的孩子
我从未经历过那么多
我只记得一次：当红卫兵冲上大街
我父亲一到家，就一转身
要用那根木杠把大门死死顶住
就在我赶紧帮父亲时，我瞅了一眼
我的妹妹，她在一边惊恐得
连一张纸片也拿不住
她在止不住地发抖

她现在还在那里颤抖

像一只受到致命一击的蝴蝶

2012. 12

冰 钓 者

在我家附近的水库里，一到冬天
就可以看到一些垂钓者，
一个个穿着旧军大衣蹲在那里，
远远看去，他们就像是雪地里散开的鸦群。
他们蹲在那里仿佛时间也停止了。
他们专钓那些为了呼吸，为了一缕光亮
而迟疑地游近冰窟窿口的鱼。
他们的狂喜，就是看到那些被钓起的活物
在坚冰上痛苦地摔动着尾巴，
直到从它们的鳃里渗出的血
染红一堆堆凿碎的冰……
这些，是我能想象到的最恐怖的景象，
我转身离开了那条
我还以为是供我漫步的坝堤。

2003—2013

献给玛丽娜·茨维塔耶娃的一张书桌

这里是献给玛丽娜·茨维塔耶娃的

一张书桌,

以悲痛的大理石制成,

书桌面对一张窗户,

窗外有一棵花楸树,更远处是俄尔甫斯

  奥菲莉亚、莱纳① 消失的密林;

书桌上,一个烟灰缸和一杯

不断冒着热气的中国绿茶,

还有一把沉甸甸的橡木椅子,

一支拧开一个大海的钢笔,一支

  陡立的"压向未来的笔"②——

写吧,灵魂已呼啸在空中!

写吧——即使死亡的狂风

也吹不动那纸页,

---

 ① 莱纳,即莱纳·马利亚·里尔克。
 ② 这一句取自中国女诗人寒烟,她的诗也深受茨维塔耶娃的影响和激励。

写吧——即使你永远也不再会出现在那里。

2013.2.27 北京世纪城

醒　来

你为什么醒来?
因为光已刺疼我的眼皮,
因为在我的死亡中我又听到了鸟鸣,
(那又是一些什么鸟?)
因为我太疲倦,像是睡了好多年,
因为我听到了,在一条柔嫩的枝头上
有一阵光的晃荡,
然后是钢水般的黎明……
因为我睡了这么久,睡得这么沉,
(像是中了什么咒语)
就是为了在这个陌生的、让我流泪的
语言的异乡醒来。

　　　　　　　　　　　2013.8.28 爱荷华

你在傍晚出来散步

你在傍晚出来散步，其实也不是散步，
只是出来走一走，像个
放风的犯人。没有远山可供眺望。
四周是高楼。
腊梅的幽香也不会为你浮动。
又是十二月，树梢上
孩子们留下的喧声也冻僵了。
你走过街边的垃圾桶，
那些下班回家的人们也匆匆走过，
也就在那一刻，你抬起了头来——
一颗冬夜的星，它愈亮
愈冷。

2013. 12 北京世纪城

写给未来读者的几节诗

1

在这个雾霾的冬天所有我写下的诗，
都不如从记忆里传来的
一阵松林间踏雪的吱嘎声。

2

玛丽娜用鹅毛笔写作，
但有时她想，用一把斧子
也许可以更好地治疗头疼。

3

昨晚多多在饭桌上说："写一首
就是少一首。"

我们听不懂死者的语言,

活人的,也听不懂。

2013.12.7 北京世纪城

玫 瑰 吟

玫瑰应该有刺
没有刺的玫瑰不是玫瑰

玫瑰只能有一枝
两枝玫瑰不是玫瑰

我一生只有一朵玫瑰
开放在别人的诗里

2014. 6

在韩国安东乡间

——给黄东奎先生[①]

谢谢你,先生,
谢谢你对我的诗伸出的
那根有力的大拇指。
你比我年长二十岁,可是你的眼光
仍是那么敏锐。
你的额头在六月的光中闪亮,
我相信那即是智慧。
我们并排在山间走着,
我可以听到,我们经历的时间
就在我们彼此的身体中晃荡。
我们这是在韩国东部的乡间吗,
那只满山青翠中的鹧鸪,
怎么听也都是我在童年时听到的那一只。
我们登上屏山书院古老的台阶,
正值野栗树开花时节,

---

① 黄东奎(1938—),韩国著名诗人。

这石头有多光亮我的心就有多光亮,

这庭院有多荒凉我的心就有多荒凉;

当年的诵读声已化入河畔的细沙,

我们路过的疤结累累的松树

仍在流着脂泪。

你说你在翻译杜甫,

你问我"吴楚东南坼"①是什么意思,

我说那是两个国家的骨肉分离,

但它也在我们的身体中

留下了一种永久的疼。

但是现在山风拂面,在枣花的清香中,

我不忍去谈我们的那些经历,

不谈雾霾,不谈毒龙,也不谈

我为何写下那首"瓦雷金诺叙事曲"……

我们并排走着,伴着清泉潺潺,

好像受苦人也终会有所安慰;

(路边的桑椹落了一地)

你说明天你还会和我们一起去看海,

我说下次我陪你去岳阳楼吧,

---

① 出自杜甫《登岳阳楼》。("昔闻洞庭水,今上岳阳楼。吴楚东南坼,乾坤日夜浮。亲朋无一字,老病有孤舟。戎马关山北,凭轩涕泗流。")

我也从未去过那里。我不知道
它给我们准备的是什么样的风景，
但是到了那里，我想我们都会流泪的——
当我们开始一步步登临，
当一种伟大的荒凉展现在我们面前。

2014.6

黄河三题

黄 河 水

我们爱黄河
却不敢喝一口黄河水
喝黄河水长大的,是那些黄河鲤鱼
它们在太阳下喝
它们在夜里喝
它被端上餐桌来的时候,我看到
它的眼瞳竟比我们的光亮
(像是镀上了一层清漆)
它那被油炸过的嘴仍艰难地张着
像是要吐出
最后一口泥沙……

黄河大桥

每次开车回湖北老家
或是从老家回北京

经过郑州黄河大桥的时候
我的车速就会放慢——
好像在这里我才可以"望乡"
好像我的诗仍需要它浇灌
好像我还要替老杜甫再看一眼
这片他怎么也看不到头的浑黄
好像在这座五千多米的桥上
就是我们要走过的一生……

夜宿黄河

我们来的时候天已经黑了
那条河就离这里不远
也许拨开苇草就能看见
河汊里的那星渔火
啊,黄河!它在枯水期里如此安静
好像从未发出过传说中的咆哮声
但它会和我们的语言共存……
就在这里住下吧,桂花芳馨
有什么在小院里流动
而夜色,如女主人一样殷勤……

2014.9.26 郑州黄河诗会

十月之诗

当另一些诗人在另一个世界
歌咏着十月的青铜之诗,
我走进我们街头唯一的小公园;
没有遛鸟的人,没有打太极的人,没有任何人,
只有梣树在雾霾天里艰难呼吸;
玫瑰垂头丧气,让我想起蒙羞的新娘,
飘落在草地上的银杏树叶子,
则像一些死去的、不再挣扎的蝴蝶。
没有一丝风。石头也在出汗。
一丛低矮的野毛桃树缩成一团,
似乎只有它还在做梦。
这一切看上去都在某种秩序里——
以它反复的绝望的修剪声,
代替了所有清脆的鸟鸣。

2014. 10

伦敦之忆

阁楼上的一间小卧室,
(墙上是凡高的乌鸦和麦地)
楼下东头的厨房里,那安静的餐桌
和一道通向花园的门,
楼梯上,即使无人的时候
也会响起咚咚的脚步声
——那是二十二年前的东伦敦,
你三十五岁。
同楼合住的人们都回家过圣诞了,
留下你独自与幽灵相会。
你彻夜读着普拉斯的死亡传记,
你流泪写着家书……
然后,然后,一个蒙霜的清晨,
当整个冰川一起涌上窗外的花园,
你第一次听见了巴赫的圣咏。

2014. 10. 27

黎明的素描

凌晨,挣扎着醒来——
昏暗的地板,临窗的书桌,书桌上成堆的书,
　　英汉词典,德汉词典,汉语大词典……
黎明光线中一道最遥远、安静的山岭。

2014. 11. 1

忆 陈 超

那是哪一年？在暮春，或是初秋？
我只知道是在成都。
我们下了飞机，在宾馆入住后，一起出来找吃的。
天府之国，满街都是麻辣烫、担担面、
鸳鸯火锅、醪糟小汤圆……
一片诱人的热气和喧闹声。
但是你的声音有点沙哑。
你告诉我你只想吃一碗山西刀削面。
你的声音沙哑，仿佛你已很累，
仿佛从那声音里我可以听出从你家乡太原一带
　　刮来的风沙……
我们走过一条街巷，又拐入另一条。
我们走进最后一家小店，问问，又出来。
我的嘴上已有些干燥。
娘啊娘啊你从小喂的那种好吃的刀削面。
娘啊娘啊孩儿的小嘴仍等待着。
薄暮中，冷风吹进我们的衣衫。

我们默默地找，执着地找，失落地找，

带着胃里的一阵抽搐，

带着记忆中那一声最香甜的"噗啾"声……

我们就这样走过一条条街巷，

只是我的记忆如今已不再能帮我。

我记不清那一晚我们到底吃的什么，或吃了没有。

我只是看到你和我仍在那里走着——

有时并排，有时一前一后，

仿佛两个饿鬼

在摸黑找回乡的路。

2014.11.5

彼得堡诗人库什涅尔[1]

库什涅尔,一个长得
酷似曼德尔施塔姆的彼得堡诗人,
(真的,什么都像
包括他那犹太人的鬓角)
奇迹般出现在这个盛夏,
在他夫人的陪伴下,给我们
带来冰雪般的亮光……
库什涅尔,一位羞怯而高贵的诗人,
生于 1936 年 9 月 14 日,
就在他出生两年后的冬天,曼德尔施塔姆
死于押送至远东的流放路上,
几乎是在同时,阿赫玛托娃每天在监狱外
排队,等待探望她的儿子……
那么,我们眼前的这位诗人是怎样长大的?

---

[1] 亚历山大·库什涅尔(Alexander Kushner,1936—),俄罗斯著名诗人,生于彼得堡,他继承了白银时代彼得堡的诗歌传统,布罗茨基生前对其诗评价甚高。

猎狼犬是否扑上过他的肩?

他有幸躲过了什么?

他是否受到命运的特殊眷顾而不必

像他的朋友布罗茨基那样被斥为寄生虫?

我们不知道这一切。我们揭不开

那一道铁幕。我只是听到

他在不停地对我们说"生命是一种恩赐",

他满怀激动,比划着手势,

像是一个刚从地狱里出来的人

要尽情地赞美阳光。

那么,是谁的恩赐?而他所说的"诗"

就是我们这些人所谈论的诗吗?

2015. 8. 5

在苏轼墓前

十九岁出川,六十六岁[1]还乡,

从常州溯流而上,抵开封府,

到汝州郏城,一路鹤鸟高飞,

一路烟波泥尘;生前梦魂萦绕,

死后托付给这片中原的荒坡;

当你到达,多情的上瑞里山脉

垂首相迎,犹如小峨眉。

家在何处?家就在这里;在

一个帝国的边缘[2],你早已

写下"我本儋耳氏,寄生西蜀州。"

西蜀虽好,但苏堤上走着

你同样热爱的百姓;家乡可亲,

---

[1] 苏轼(1037—1101),生于眉州眉山(今属四川眉山市),卒于常州(今属江苏),享年65岁。诗人逝世次年,其子苏过遵父嘱将其灵柩运至汝州郏城钧台乡上瑞里(今河南郏县)安葬。

[2] 苏轼晚年曾被流放到海南岛儋州(今海南儋州市)。

但你更愿在天涯海角大口呼吸；

多少次，你欲乘风归去，但是黄土

更为可靠，它深厚得足以接纳

一个痛苦的灵魂，而松柏青青

自会为你守护永世的安宁，

后人也将续写那流放的命运……

现在，你安顿下了吗？又是初秋，

当我来到这里，夏蝉在唱最后的歌，

寂静，渗透进墓碑上每一道

带青苔的裂痕；没有回答，

这满园的侧柏①也不说明什么，

当我在三鞠躬后挺起身来，我看见的

是从山梁上静静升起的白云。

2015.9 河南郏县

---

① "三苏墓园"里的柏树大都侧向西南方向，多少年来，人们一直说那是死者怀乡的象征。

在台北遇上地震
——给育虹、义芝、陈黎

猛地一阵抖动

桌上台灯也晃了起来

这是在夜里 11 点 11 分

"我们回北京吧"

一个从未经历过地震的孩子

颤抖着说

"不，我们还要去花莲呢"

我探头看了看窗外

大街上街灯宁静

电线杆的影子宁静

一辆出租车停在路口

静静地等待着绿灯

而在夜半，床又摇了摇

我看了看表：2 点 16 分

受惊的孩子已在打着小呼噜了

妻子不知在做什么梦

我翻转过身子

在我的灾难的摇篮里睡去

啊，明天清晨

那开往花莲的老火车

美妙的摇晃

将与窗外的太平洋谐韵

桥很坚固吗

隧道里充满光明吗 ①

啊，大海，哪里是你

疼痛的核心？

那一道陡然升起的山

那仍在痉挛的海岸线

而我们将一路狂喜

在你的注视下前行！

2016.5

---

① 参见余光中译塔朗吉《火车》："桥都坚固，隧道都光明"。

读娜杰日达·曼德尔施塔姆回忆录

圣女,
十二月党人忠贞的妻子,
无情的审判者,
永恒的未亡人!

在去香港的来回飞机上我读的
都是这本书!它的分量,
让我们降低高度,
紧贴着历史的浪花飞……

"我们一定要活到那一天,那哭泣和光荣的一天。"①

"娜佳②,我的娜佳,你在哪里啊。"

我的眼睛一片酸楚。

---

① 摘自阿赫玛托娃给娜杰日达·曼德尔施塔姆的书信。
② 曼德尔施塔姆对妻子娜杰日达的爱称。

我又回到了那片恒古的冻土。
每刨一下，虎口震裂。
每刨一下，都绝望得想哭。
——你要刨出火星吗?
你能挖出那声音的种子吗?！

我一辈子都是这样一个苦役犯。

我也只能从我的歌哭中找到
我的拯救。

2016. 6

傍晚走过涅瓦河

——给索菲娅

傍晚走过涅瓦河,
河水那么黑,那么深沉,那么活跃,
　　(像是在做"跳背游戏")
让所有走过的人都压低了嗓音。
这是 2016 年 7 月初的一个黄昏,
一代又一代诗人相继离去;
彼得堡罗教堂高耸的镀金尖顶
留不住落日的最后一抹余晖。
人们从大铁桥上匆匆回家,留下你和我,
把头朝向落日,朝向暗哑的光,朝向沥青般的彤云,
"我们回去吧,我冷……"
可我们还是在默默地走,
唯有风在无尽吹拂,
唯有波浪喋喋有声,像是从普希金
或阿赫玛托娃诗中传来的余韵……

2016. 7 彼得堡

从阿赫玛托娃的窗口

在彼得堡,
在阿赫玛托娃纪念馆,
在这座被称为"喷泉屋"的四层楼上,
仿佛穿过"地狱"的第四圈,来到一个半坡上回望——
我看着窗外这个可疑的带风景的花园,
我看到树林间掩映着一个鸟身女妖,
我看到受难的母亲,佝偻的儿子,被枪托推倒在地的父亲,
我看到一场葬礼在树梢融化;
我看到我前世的情人仍坐在长椅上发呆,
我看到人们又在树干上张贴诗歌海报;
我看到从这里出去的人,一个个在胸前划着十字,
我看到玛丽娜深陷的大眼睛,在朝我凝望;
我看到几个探头探脑的人,仍躲在树丛后,
衣兜里露出了报话器;
我看到一只黑鸟在草地上蹦跳,接着是另一只;
我看到花园一角的那堆雪,快三十年了,还未融化。
我看到死魂灵们仍在鞭打自己。

我看到树上的夏天和即将来临的金色秋天。

我看到了春天草地上最悲痛的环舞。

我看着这一切,"仿佛我在重新告别

那在多年前我已告别的一切。"

我看着这一切,仿佛睁眼看着一个梦。

我看着它,我感到在我右肩的背后

还有一个人和我一起眺望,

因为我盘旋而上,在一个时间之塔上

站在了阿赫玛托娃的窗口。

2016.7 彼得堡

在别列杰尔金诺公墓

在别列杰尔金诺公墓,
在诗人帕斯捷尔纳克的墓园周围,
我们寻找着奥尔嘉·伊文斯卡娅的墓碑——
诗人的女友,拉丽莎的原型,
为他一再被捕、流放的人……
在她活着时,她甚至难以出现在诗人的葬礼上,
她在任何地方都没有她的位置,
除了集中营和冰冷的审讯室,
除了多少年后,根据她的遗愿
所悄悄安葬的这个荒郊外的墓园。
我们拔开茂密扎手的荆棘枝条,辨认着
一座座带十字架的雕像和名字,
我们找来找去,意外发现了
诗人阿尔谢尼·塔尔科夫斯基的墓碑,
女作家利季娅·丘科夫斯卡娅的墓碑,
却怎么也找不到她的那一座。
我们回到公墓大门口询问守园人,

但回答我们的只是摇头……
近半个小时后,我只好再次回到
那摆满纪念鲜花的诗人墓园,
向墓碑上永远年轻的诗人浮雕道别,
向松林间骤然洒下的一阵雨后的阳光道别,
但却多了一份惶惑不安——
好像来到这里,我又欠下了一笔债,
好像我们永远不会再找到
那个也曾像天使一样为我们出现的人,
好像她的消失就是对我的一种审判,
好像在这满园的墓碑和树木间,
还躲着另一双无情的眼睛。

         2016. 7 莫斯科

这 条 街

我将不向大地归还

我借来的尘土……

——曼德尔施塔姆

1

在多年的动荡生活之后，

我也有了一条街，一条夹在居民区的小街，

一条我们已居住了五年的绿荫小街，

一条仍在等待我童年的燕子

和曼德尔施塔姆的蝴蝶的小街。

2

这条街，每天我都下楼走一走，在金色的黄昏，

或是伴着夏日蝉鸣的绿色正午，

即使在写作的时候我也往往忍不住

望一眼窗外的这条街,好像它就是
两行诗之间不能缺少的空白。

3

现在,一个穿短裙的少女走过,而我希望
她轻快的移动就是静止,
就像永远走在希腊古瓮上的画里,
至少走慢一点,我要替杜甫他老人家多看她一眼,
我还想替老叶芝向她伸出手来。

4

就是沿着这条街,我买来每天的面包、青菜,
(有时则专门去给我们家的兔子买吃的)
哦,街头那家"杭州小笼包"揭锅时的热气!
还有那家幼儿园,我喜欢孩子们的尖叫如同我喜欢
放学后的安静:那永恒的寂静的童年。

5

难忘的春天(那是哪一年?),似乎一步出小区,

街边铁栅栏内的桃花就绽开了,
梦幻般的,虽然只开了三天,
从此我这个苦役犯的眼前就飘着几朵彩云,
就飘着,哪怕是在雾霾天。

6

蹲着的修车匠,飞窜的快递员,站着发小广告的……
我向这一切致敬,不仅如此,
每年这条街上还走过敲锣打鼓送葬的行列,
每到那时,我就拉着儿子来到窗边,
好像是让他观看月球的另一面。

7

傍晚,街头烤红薯的糊香味。
("巴黎的大街上没有烤栗子吃了",艾吕雅)
正午,电线杆拉长的阴影。
初夏时分,老槐树洒下的馨香细碎花蕊,
一场场秋雨后,银杏树那金币般的叶子!

8

有时我一连数日埋头写作,不曾下楼,
但那条街仍在那里,拉开窗帘,啊,下雪了——
那一瞬,好像就是上苍对我们的拯救!
那一瞬,连我们家的小兔子,也和我一起
久久地伫立在窗前。

9

就是这条街,虽然它并非我们自己的家,
我们只是为了孩子上学在这里租住,
但我爱这条街,爱这四楼上的窗户(它不高也不低),
爱街上的一年四季,爱它的光与影,
我的灵魂已带上了它们的颜色。

10

还有这街上的微风!每次梦游般出去时,
它就会徐徐拂来问候我的眉头。
它一次次使我与生活和解。而在闷热天,
它则好像把我带向了青岛或大连——

一拐过这条街口,就是大海与帆!

11

是的,我爱这条街,它使我安顿下来,
使我靠"借来的尘土"再活一次。
过生日的那晚,我想在这条街上一直走下去,
但它还不到五百米,我就来回走了三趟:
伴着天上的那颗让我流泪的小星。

12

而我爱这条街,还因为可看到远山(幸好它没有
被高楼完全挡住)——那是北京西山;
我爱它在黄昏燃尽后的黑色剪影,
爱街的尽头第一辆亮起的雪亮车灯,
它好像就从灵魂的边界向我驶来。

13

就是这条无名小街(你读了这首诗也找不到它),
就是面对它,我翻译了曼德尔施塔姆,

他居无定所,死于流放,却希望在他死后
那只"白色粉蝶"能在它的跨距间活着——
飞回到那个国度,飞回到那条街。

14

而"那条街"也就是"这条街",正如
"这条街"也将变成"那条街"——
明年我们的孩子小学毕业,我们也将搬走,
但多少年后我会重访这里,我们的孩子也会——
我童年的燕子也许会跟着他一起到来。

2016.8.31—9.4 北京世纪城时雨园

翻出一张旧照片

那是 1979 年,
"文革"结束后第三年,作为一个
年轻诗人,你来到圆明园
残存的廊柱和石头间,
姿势悲壮,像是在受难……
(对不起,这样的"遗照"
让我现在真难为情。)

多少年过去了,
在北京,我很少游圆明园,
它早已不再是我自己的废墟,
我也终于像个从顽石中
挣脱出来的人;不过
有时我仍想到那里走一走,
尤其是在霜雪天;
那里安静,有冬日的光,
有燃烧过的被大雪抚慰的石头,

有刚劲、赤裸的树林
和喳喳叫的喜鹊,
有冰封的池塘和倒扣的游船,
我在那里走着,静静地想着
我这一生的荒废,
我在那里走着,已不需要
任何人同行。

2016. 12

第五辑 2017—2019

海边的山

昆嵛山，棉花山，奈古山，

赤山，神雕山，铁槎山，岠隅山……

我们沿着临海的盘山路行驶，

恒古的海风吹着；

山石裸露，那坚忍的花岗岩褶皱，

一堆堆风化残积物，

近看，黑松林从裂隙间挺出，

草木的汗毛拂动；

而山与海句法交错，我们

仿佛是应召而来；

这坚硬的基岩海岸，向内凹进的

海湾，一道丘陵突入海中，

像是"硬语盘空"……

这一切是一首创痛之诗，赞美之诗，

时间已替它捂住伤口；

而我，只愿车速放慢，

慢于一只迎风逼视的蜻蜓，
慢于血液的呼唤。

2017. 8. 5 威海

在威海,有人向我问起诗人多多

在威海的海岸上散步,眼望着远处的邮轮,
有人向我问起诗人多多。
我说他已从海南大学退休了,但没有退休金,
因为"他是一个外国人"。
"那他靠什么活?有没有人请他讲学?"
"他拒绝。他的傲气,你知道,'整个英格兰
容不下我的骄傲……'"
"那他在北京住什么地方?"他租房,
(他父亲留下来的房子早已拆除)
他在那里写诗,读策兰,读夏尔,读他的
一贫如洗的茨维塔耶娃,
有时也画画,但也不是为了卖……
"唉,谁让他叫'多多'呢,在国外他是多余的,
在国内他也是多余的"
诗人王桂林一声叹息,我们也都苦笑着;
抬起头来,海面上
那只白色邮轮已不知驶往何方。

2017. 8. 6

来自张家口

有人从张家口给我托运来了
一箱蘑菇罐头
两只剥了皮的野兔
和一大袋土豆。

野兔送给了亲戚,
土豆留下。但每次给土豆削皮时,
我都想起了那两只赤裸裸的
被吊起来的野兔……

我也只能遥想一下坝上的茂密草原,
获得一点所谓的安慰。

2017. 9

一碗米饭

在平昌
中午,一碗米饭
傍晚,米饭一碗

有时配上大酱汤
有时配上一碟泡菜

或是一碟小鱼
或是几片油渍芝麻叶

而我不得不学着盘腿而坐
我的低矮餐桌
我的乌木酱碗

我也从来没有像现在这样
注视着一件事物

我的筷子在感恩

我的喉结蠕动

我必然的前生

一碗米饭

我偶然的来世

一碗米饭

我在远方的托钵僧

一碗米饭

我的囚牢里的兄弟

一碗米饭

似乎我们一生的辛劳

就为了接近这一碗米饭

碗空了

碗在

我的旅途，我的雨夜

我的绿与黄

我的三千里阳光

在这里

化为了一碗米饭

2017.9.16 韩国平昌

飞越阿尔卑斯

从法兰克福到萨格勒布
飞机飞越阿尔卑斯

雪峰之寒
使大气清澈

一道道冰刃
似可划破机舱的肚子

但我仍想挨得更近些,我带着
一只盛雪的锡制杯子

然后是绵延的墨绿色山岭
冰川的旁注之诗

是变红变黄的杂树层林
是云彩下童话般的房子

一个孩子在我身上醒来

在冰与火中战栗

2017. 10. 11

旁注之诗（选节）

> 毁掉你的手稿，但是，保留你因为烦闷和无助而写在页边的批注。
>
> ——曼德尔施塔姆

阿赫玛托娃

那在 1941 年夏天逼近你房子上空的火星，[①]
我在 2016 年的冬天才看见了它。
灾难已过去了吗？我不知道。
当我们拉开距离，现实才置于眼前。

米沃什

一只野兔在车灯前逃窜，

[①] 阿赫玛托娃在《没有英雄的叙事诗》第三部中写到"火星"的意象。火星，自古以来一直与战神联系在一起，人们相信在它最接近地球时会发生种种灾难。1940—1941 年恰为火星大冲年代，第二次世界大战惨烈进行。

它只是顺着那道强光向前逃窜；
看看吧，如果我需要哲学，
我需要的，是那种
能够帮助一只小野兔的哲学。

曼德尔施塔姆

你着了魔似的哼着"我的世纪，
我的野兽"；
你寻找一只芦笛，
但最后却盗来了
一把索福克勒斯用过的斧头。

叶　芝

从前我觉得你很高贵，
现在我感到造就你的，
完全是另一种魔鬼般的力量。

献给米沃什，献给希尼

很怪，因为奥斯维辛，

我才想起了我从小进县城时
第一次看到的铁路枕木,
(现在则是水泥墩了)
它们在重压之下并没有发出呻吟,
而是流出了黏稠的焦油——
在那个盛大的、到处揪斗人的夏天。

茨维塔耶娃

你死于远离莫斯科的小城叶拉布加,
可是你仍在捷克的山谷间游荡。
你的诗,鸟儿也会背诵。
而现在,你累了,你想坐下来抽一支烟,
你能否找到一个可以借火的人?

但　丁

不是你长着一副鹰钩鼻子,
是鹰的利爪,一直在你的眉头下催促。

维特根斯坦

在何种程度上石头会痛苦

在何种程度上我们可以说到一块石头疼痛
但是火星难道不是一个痛苦的星球吗
火星的石头疼痛的时候
你在它的下面可以安闲地散步吗

布罗茨基

在彼得大帝仿威尼斯建造的城市里,
在那道隔开一间半屋子的书架上,
一只小船早就在等着你了,
(是谁预设了你的未来?)
现在,你躺在圣米凯莱①的墓园里,
那在岩石上摔打了一生的激流,
终于找到了"一个河口,
一张真正的嘴巴",
仿佛一切都在说:看,那就是海——
"一道带有概括性质的地平线"。

读《古拉格群岛》

有些东西没有写出来之前,

---

① 圣米凯莱,一座位于威尼斯外岛上的著名墓园。

谁也不会相信。

现在，我与你谈话，我们边走边谈，

中间隔着的也不再是篱笆

而是一道铁蒺藜。

辛波斯卡

她死后留下有一百多个抽屉：

她使用过的各种物品，

收集的明信片，打火机（她抽烟）

手稿，针线包，诺亚方舟模型，

护照，项链，诺奖获奖证书，

但是有一个拉开是空的。

寇德卡"布拉格摄影集"

一只从门前或广场台阶上伸出的

手腕上的手表，

定格了历史（1968 年 8 月 21 日 12 时）

但却无法阻挡历史。

这是否就是你的绝望？没有回答，

也不会有回答。在铁与火中，

在坦克炮塔的转动中,我们听到的
只是那咔嗒一声,又一声……

庞　德

你想象在泰山脚下搭一个帐篷,
度过灵魂的美妙夜晚,
而我呢,宁愿住进你的精神病院,
在那里嗯啊哈的,
别人还以为那些就是诗。

奥　登

水与火,合在一起就成了别的。
1973年秋,你死于维也纳一家旅馆,
你额头上的大海般的波纹
不再涌动。你松开的手边,
是一首不断在修改的诗
和一杯残剩的马提尼酒。

马雅可夫斯基

你说你把一切都献给了公社,

只给自己留了一把牙刷。

事实上,你还给自己留下了一颗子弹。

雪　莱

你宣称"诗人是立法者",可事实上

他们都生活在词语的集中营里,

大铁门楣上高悬着:"劳动让你自由"。

加　缪

你说你在冬天才感到

在自己身上有一个不可战胜的春天

当你这样说时

独裁者们哈哈大笑

他们肥胖的手又伸向桌沿

去抓一杯酒……

本　雅　明

死于逃亡路上,死于边境。

死于比利牛斯山下。

死于无法翻译。

而在你死后,一个犹太人
被草草埋入天主教墓地。
简陋的墓碑上,
瓦尔特·本雅明被写成了:
"本雅明·瓦尔特"。
当地人说,他们只能有这样的名字。

海德格尔

你的黑色笔记本最终证实了:
一个人忠实的,不是他在
高山疗养地写下的哲学,
而是他自己的血。

沃尔科特

一个伟大的诗人离去了,
有人读他的诗,有人写文章悼念,
而我翻开他的画册——
在他的诗中多了一些"我",

也多了几分雄辩,而在他的画中,
他让我看到树木在热浪中的影子,
看到岩石的干渴……
他似乎只是用一双马眼来观看。
而突然间,画框变成了窗口,
整个荷马以来的大海
向我涌来……

艾 略 特

四月是残酷的月份,
八月也是。
多少年了,你仍守着你那干涸的
乱石堆中的田地,
并等待着雨。
可是你的后人们,都做了游牧者。

青年扎加耶夫斯基

祈祷,祈祷,
但他发现他自己也可以写祈祷词。
(比教堂里的更好!)

祈祷，重新祈祷，
但他发现他更想赞美一个
嘴唇鲜亮的戴珍珠耳环的少女。
这就是他作为一个诗人的开始。
不过，一旦他真的这样写起诗来，
他还发现他必须忍受住
死者每天每天对他的嘲讽。

博纳富瓦

我们知道王维的动与静，
但什么是"杜弗的动与静"？①
杜弗的动与静，是在
石头、雪和火灾的边界上
拉出的一张弓。

帕斯捷尔纳克

多少次想起身即走，
但又坐在那里了。
你一坐，就是半个多世纪。

---

① 《杜弗的动与静》为法国诗人博纳富瓦所著的一部诗集。

你最后从我们中间离开,似带着

满眼的苦涩和一阵

直抵腰椎的疼痛……

巴赫《赋格的艺术》

在这令人痛苦的世界上,

我们指责不该有这样超脱的艺术;

可我仍忍不住去听,

当我几乎是含着泪,缓缓驶过

垃圾成山、孩子们痴呆相望的城乡结合部,

进入我贫寒而广阔的国度。

2016—2017

在你的房间里

在你的房间里，无论你的墙上挂的
是一匹马，还是大师们的照片，
甚或是一幅圣彼得堡的素描，
都会成为你的自画像。

而在你散步的街道上，无论你看到的
是什么树，也无论你遇到的
是什么人，你都是他们中的一个……
你已没有什么理由骄傲。

2018.1.18 人大林园

黎明五点钟

黎明五点钟,失眠人重又坐到桌前。
堆满的烟灰缸。与幽灵的彻夜交谈。楼道里
永别的脚步声。如果我有了视力,
是因为我从一个悲痛之海里渐渐浮出。
第一班电车在一个世纪前就开过了,
鸟巢里仍充满尚未孵化的幽暗。
在黎明五点钟,只有劳改犯出门看到
天际透出的一抹苍白的蓝;
也有人挣扎了一夜(比如我的母亲),并最终
停止呼吸,在黎明五点钟,在这——
如同心电图一样抖颤的分界线。

2018.1 人大林园

血 月 亮

昨晚错过看血月亮了——
昨晚八点四十分,那痛苦的加冕……
只是在今晚,在我家的阳台上,
我看到她仍带着一圈红边,
好像那是来自她自身的发光
是来自中心的一个重创
渐渐扩散到边缘……
这样的月亮,不知李白或张若虚
是否看到过。

2018. 2. 1

告　别

昨晚，给在山上合葬的父母
最后一次上了坟
（他们最终又在一起了）
今晨走之前，又去看望了二姨
现在，飞机轰鸣着起飞，从鄂西北山区
一个新建的航母般大小的机场
飞向上海

好像是如释重负
好像真的一下子卸下了很多
机翼下，是故乡贫寒的重重山岭
是沟壑里、背阴处残留的点点积雪
（向阳的一面雪都化了）
是山体上裸露的采石场（犹如剜出的伤口）
是青色的水库，好像还带着泪光……

是我熟悉的山川和炊烟——

父亲披雪的额头，母亲密密的皱纹……

是一个少年上学时的盘山路，

是埋葬了我的童年和一个个亲人的土地……

但此刻，我是第一次从空中看到它

我的飞机在升高，而我还在

向下辨认，辨认……

但愿我像那个骑鹅旅行记中的少年

最后一次揉揉带泪的眼睛

并开始他新的生命

2018. 2. 7

初到石梅湾
　　——给夏汉

好像愁眉首先需要舒展。
我们放下行李,便在房间里谈论着
一些令人沮丧的事情。
好像我们都被什么跟踪着。
我们一路谈着,来到海边。
当微风吹来,我们的谈话在海滩结束。

一切都过去了,这是苏东坡
曾眺望的海,也是我们将投身的海。
北国的风沙,中原的雾霾,
我们都经历了那么多,但此刻
让我忍住内心的战栗。
我们还有一个更广阔的世界
可供抬头远望。

2018.3.23 海南石梅湾

席　间

席间,人们不知怎么的
就谈起韩国诗人高银,谈起他的性骚扰案。
"唉",有女诗人发出叹息,因为他的诗真好。
还有人谈到一些细节,谈到
那些肮脏细节的真实性
以及高银本人的辩白(我则想起
他的一句诗:"唯有悲伤不撒谎")
难以置信啊,怎么会呢
这位"韩国的诗歌菩萨"?(有人
引用了金斯堡的赞语)
这时,桌边的一个人说话了:"别忘了,
他坐过牢,他坐过四次牢……"
而他这样讲后,他还没有讲完,一时间
人们都不说话了。

2018. 4

清明，在老家

昨夜一夜雨声，不像是春雨，
像是一场迟来的冬雨，时而从屋檐下泼下，
时而滴滴答答；
在寒冷的缩成一团的梦中，
似有人对我说话……

清晨，雨雾散开，
妹妹，弟弟，我，开车走上了
给爷爷奶奶和父母上坟的路。
这是我故乡鄂西北的山水，是夹杂着
淡紫色豌豆花的青青麦地，
（"豌豆公主"哪里去了？）
是闪亮、湿润的一棵棵橘树，
（"受命不迁，生南国兮"）
是我再次认出的萝卜花，紫云英，
是探出农家院头的花椒枝和结满了
累累小青果的樱桃树……

而在更远处,是一抹雨雾中的
油菜地的金黄,是一座松柏簇拥的
青色火焰般的山岭,
还没有走上山上的墓园,我就要流泪——
在再次飘荡来的雨雾中,我听到了
当我还是一个孩童时听到的
那一声湿漉漉的
而又最清脆的鸟鸣。

         2018.4.5 *湖北丹江口*

纽约的一间高层小公寓

那是多年前
朋友的朋友的一间高层小公寓
纽约第 53 或第 57 大街
(记得是单数,并靠着河边)
当我去时,主人到瑞士旅游
我在楼下服务台报了名字
就取到了我要的钥匙

美好的三天!清晨
我在阳台上眺望曼哈顿美景
伴着一杯冒热气的咖啡
而在夜间归来后
我甚至舍不得拉上窗帘
孤独、宁静和感激
让一个人拥有了整个世界

多少年过去了,我甚至忘了

主人叫什么名字

而只记得留下了什么礼物

感激？是的，有一天

当我离开这个世界

我也要把房间弄得那样整洁

并为未来的不知名的客人

在桌子上留下一本诗集

（如果还值得一读）

然后，当然，我会留下钥匙

在经过楼下服务台时

我会留下我所有的钥匙！

2018. 4. 8

麻雀啁啾

在我家厨房外的小露台上
天气好的时候,总会掠过几声麻雀的啁啾
这曾使我深感惊异
有几次,我们甚至还在窗台边对视过
它们飞来,蹦跳着,眼睛圆睁
似乎对我也感到好奇
然后一拍翅膀,就没有了……
我已很久没有这样亲近过什么了
我甚至放轻了自己的脚步
这些小机灵鬼,它们没有鸿鹄之志
它们寻找的,无非是草籽,幼虫
或一点什么讯息或味道
但它们好像从我童年的那棵老榆树上飞来
它们飞来,三月和四月才真正变绿了
它们一再飞来,好像无论如何
在我们的生活中仍会有音乐响起——
这是多么好啊

我在我寂静的房间里穿行

伴着几声麻雀的啁啾

2018.5 人大林园

柏林,布莱希特墓地

古老、尊贵的多延罗公墓一角,
费希特、黑格尔高大、庄重墓碑的斜对面,
一块不起眼的菱形花岗岩石上
刻下你的名字(没有生卒年月)。
你就以这样的姿态屹立。
你安葬在这里,不是为了跻身历史
(那些油漆匠们的历史!)
是因为它就处在你生前寓所的右侧,
你用一只眼的余光看到了它。
现在,你的黑雪茄不再冒烟了,
而你流亡时期的那只军用小手提箱似乎
仍搁在你的墓石背后一侧,
似乎你仍可以随时抓起它起身离去——
除了躺在身边的海伦娜①,

---

① 海伦娜·魏格尔,著名演员,布莱希特之妻,死后和丈夫安葬在一起。

甚至死亡

也不再成为你的负担。

2018.6 柏林

观　海

——给张曙光、冯晏、森子、邵勋功等同行诗友

从棒棰岛半山上遥望

海比三十年前更平静、更深远了

（其实那时我们看也不看

就欢呼着跳下去了）

好像是一幅幻境，很不真实

好像这海还在继续生长

远处，一只，两只邮轮

像白色的熨斗熨过

渐渐被一片深蓝、一种钻石般的光吞没

近处，在礁石上卷起的浪花

洁白，耀眼，又无声地落下

而更远处隆起的山峰，像是新生的额头

此时在替整个大海向落日问候

这是傍晚六点钟，似乎

一切比例、视力和调色板都不管用了

无人能画出这样的海平面

也无人知道它深隐的痛楚、内溯的

回流和积蓄的力量

——这样的海，只宜当我们变老

而又变年轻时观看

2018.7.6 大连

访东柯谷杜甫流寓地

千秋万岁名,寂寞身后事。
——杜甫《梦李白二首·其二》

雨后,一条泥泞的黄土路,
几个流鼻涕的男孩和一个
含笑的豁牙大妈在村口
好奇地望着我们。
想必当年也是这样,
哪里来的野老,拖家带口,
每走一步都在喘气!
(人们现在说那是在"吟诗"!)
但那时的一轮山月知道他,
一只偷食的鸤鹨和他上山采药时的
　连翘、五味子、鬼箭羽
也都认得他。
这里有一口古井,井口已被封死,
但如果你在这里住下来,
住到"苦柏可餐"的时候,

你就能听到当年的回声。
穷途的诗人,大难不死的诗人,
你真的来过这里吗?
羌笛声声,吹皱了破碎的山河,
而大地仍在接纳。
雨后的鹡鸰会忍不住歌唱,
夜空有时也蓝得可怕。
那时你的左臂枯瘦,右肩疼痛,
能不忆起你的骨肉兄弟?
而在阅尽又一个迟暮后,你蓦然回首——
是不是李白又要找来了?
("恐非平生魂"呐)
啊,诗人,你仍在那座茅屋里
吞声而哭,续写你的秦州杂咏吗
或是已翻山越岭而去,在一只
飞来凤凰的引领下?
而我们也来得太晚了。我们
什么也没有看见。
我们也只能对那几个野男孩笑笑,
和豁牙大妈拉几句家常话,
然后乘坐旅游大巴离去。

2018. 9. 2 天水

在 雅 典

——给安·维斯托尼提斯

一场风暴带来的冷雨

仍在下,我们登上与卫城遥对的

饭店顶层花园夜饮

六十年阳光的暴力,乌金般的额头

映照着你双鬓的华发

我们频频举杯,好像被放逐的诗人归来

在这"理想国"里重聚

我们喝了一杯又一杯乌佐酒

轻轻晃动一下冰块,那神奇的液体

就会飘散出带雾的草香味……

夜,雅典的夜,雨一直在下

而对面的山上,石头仍在燃烧

巴特农神庙的不朽石柱发出金子的光亮

蓝蓝想去看"苏格拉底的监狱"

我则问你哪里是拜伦的雕像

你的手一挥,打了个榧子:"明天"。

啊明天，乌云又在聚集，勾勒出

你那强壮的鹰钩鼻子

而泼下的雨声也更大了

夜色中屹立的雅典卫城

酒和石头都在燃烧

2018. 10. 1

希腊三题

路过帕罗斯岛

据说,这就是美国诗人吉尔伯特
和他的琳达
生活了多年的岛了。
而你是否也想在这里上岸?
也许你也会遇上一个
美丽而又会烧鱼汤的琳达?
但是遇不上也没有关系啊——
瞧,那山腰岩石间的几棵松树,
它们会教你
如何在贫瘠中扎根。

宪法广场的卫兵

在甩腿、转身、以咔咔的脚步声
走过无名烈士纪念雕像后,

这两位来自北部山区①

脸色黧黑、身着男式裙的英俊卫兵，

在岗亭前牢牢立定——

他们以上了刺刀的老式步枪

守护着希腊人民的自由，

和一阵来自他们夏日家乡的

最安谧的蝉鸣……

阿伽门农的面具

在那炫目的黄金面具下，是一张

尊贵的王者的脸？绷紧的

骑士的脸？哀戚的诗人的脸？

或者，是一张恐惧的脸，

火烧过的脸，幽灵般

颁布戒律的脸？

我们什么也不能猜出。

也许，在那紧闭的眼睑后面，

---

① 宪法广场的卫兵来自"Evzones"步兵团，该步兵团在1824年卫国独立战争时创建，由希腊北部山区人组成，以英勇骁战著称。

是一个奥德修斯也不能
穷尽的世界。

2018. 10

沉默寡言的圣像画家

赤脚,光背,一头飘散的银发……
来到你在海边的家时,
你已在屋外垒起的石头间
用熏黑的瓦罐
为我们烧好了午餐。

而在你的画室里,我竟看到那幅
在一场史诗般的血与火之后
出现的《圣三位一体》,
"这是不是……?"我有点激动,
你只低低回应了一句:
"是的,塔尔科夫斯基。"①

---

① 安德烈·塔尔科夫斯基(1932—1986,又译为"塔可夫斯基"),苏联著名导演,他的巨片《安德烈·卢布廖夫》以俄罗斯十六世纪圣像画师卢布廖夫的人生历程为题材,展现了整个时代的精神危机与信仰重建,电影的最后出现了卢布廖夫的旷世名作:神圣、柔美、肃穆的《圣三位一体》。

就在那天夜里，在露台上

我一直坐到很晚，你们晾挂的

衣物在海风中猎猎作响，

而我想流泪，因为你的画，

更因为在我头顶上展开的星空，

这无垠展开的星空

像是满天不息的涛声……

        2018. 10. 6 圣托里尼

一则传说

传说,因风急浪高
雅典人到提洛岛祭祀阿波罗的
神圣仪式推迟
苏格拉底的死刑因而也被推迟
他被投入监狱
弟子们轮流探望
乃有了"对话录"。

而你为什么想到了这个?
在这爱琴海上飘荡
时间与囚徒
火焰与纸页
眼球与剃刀似的风……
连这波平浪静的美也有点
让人惊异……
那就让那个人接着谈吧——

让他把自己献给

一双必死的嘴唇。

            2018. 11

在圣托里尼岛上有一棵树

在圣托里尼岛上
有一棵树
每到傍晚都挤满了鸟

阿辛娜，谢谢你
谢谢你带我去看了这棵树

在圣托里尼这个火山岛上
好像只有一棵树
好像一到傍晚，满山的鸟
都会振翅飞向那里
好像那就是它们
唯一的教堂

我离开圣托里尼已有多日
而每到傍晚
我仍能听到暮色中

那满树叽叽喳喳的声音

不知是欢愉啊

还是恐惧

阿辛娜,谢谢你

谢谢你带我去看了那棵树

2018.11 人大林园

春节前夕,在三亚湾

晚上六点半,徐徐海风中,
那掩映在椰林大道中的雪亮车灯
和楼下游泳池里孩子们的喧闹声,
把我再次引到这阳台上,
更远处,几星渔船或什么船的灯火,
隐隐标出大海变暗的唇线。
一切都很诱人,是吗?是,
但在这十六层楼上遥遥观赏,
我却有点发冷。在这春节前夕,
我宁愿作为游子归去,如果
我们的母亲还在!如果
那也恰好是个暮晚时分——
啊,那厨房里的灯火,忙碌的身影……

2019. 2. 2

记一次风雪行

驱车六十公里——
穿过飘着稀疏雪花的城区,
上京承高速,在因结冰而封路的路障前调头,
拐进乡村土路,再攀上半山腰,
就为了看你一眼,北方披雪的山岭!
多少年未见这纷纷扬扬的大雪了,
我们本应欢呼,却一个个
静默下来,在急速的飞雪
和逼人的寒气中,但见岩石惨白,山色变暗,
一座座雪岭像变容的巨灵,带着
满山昏溟和山头隐约的烽火台,
隐入更苍茫的大气中……
在那一瞬,我看见同行的多多——
一位年近七旬、满脸雪片的诗人,
竟像一个孩子流出泪来……

2019. 2. 16

哈特·克莱恩① 钢琴
——给徐钺

从布鲁克林大桥上下来,在纽约
"诗人之家"一角,
我竟看到这架
你生前的铮亮钢琴。

是的,你用语言来演奏,
在你的演奏中才升起了那座不朽的桥梁,
那雄心,赞美,绝望与希望的弧度,
那从此岸到彼岸,从惠特曼
到你自己的连接与和声。

我并没有读到你更多的诗,
但我知道,你的演奏,仍在纽约的地铁站里,

---

① 哈特·克莱恩(1899—1932),20世纪早期美国杰出诗人。代表作有长诗《桥》。1932年4月27日,在从墨西哥回美国途中从海轮上投水自尽。

甚至在一位中国年轻诗人仰头喝的

青岛啤酒的空瓶子里

嗡嗡回响。

但你最终挽回了一些什么?

你的钢琴永远沉默了。

有些东西,我们到了海底才能听出。

2019. 2. 17

我们家的兔子

我们家的老兔子得了中耳炎
一只耳朵耷拉了下来
后来发现它的一只眼睛也有问题
现在,它的一只前腿
也瘸了

而最让人不忍心去看的
是它那一瘸一拐,歪歪趔趔
带着扑通扑通的声响
要去凑近阳台上的
生菜叶的样子……

而我们,除了给它喂药,还能做什么?
在这最后的日子里
我真愿我能发明一种音乐
为它的另一只
还在支棱着的耳朵

2019.2.22 人大林园

大同火山石

——给非默

也不知为什么会有那次造访——
出京门,出居庸关,向北,再向西
一路驱车到大同,约上你和文悦
不是去万人朝拜的云冈石窟
而是去看一个火山群

平川上突起的十多个巨大的山丘
使大地保持着死火的形状
我们去时,正值夏末
一枝枝野菊花在风中晃动
接下来是傍晚迅速暗下来的阴影

我们离去时,正如你所见"前后都是落日"
我惊异大地如此寂静
我们站在荒丘上,像是结束了一场凭吊

我们合力把一块暗红的火山石搬到了车上
(它被放在我在京郊的院子里)
它是如此沉！也许它不仅包含了
铁、钛、锰、镍等矿物质

我们给随同去的小王氽补上了一节地质课

但愿他在将来也会这样写："多年以后奥雷连诺上校
面对行刑队，准会想起父亲带他去大同
看火山石的那个遥远的下午"

他还应想起那两位和他父亲同行的
面色凝重而又心有所思的叔叔

他们都是那个痛苦时代的最后几个见证人
他们已随风而去

只有那荒丘上的野菊花
每年夏天仍会在风中兀自晃动

2019.3.18

赣 南 行

从赣州机场去石城,三小时路程
我们穿过一个个隧洞

路边是开白花的泡桐树
山上是一簇簇火焰般的"映山红"

那只泣血的杜鹃就从这里飞过吗
我的不死的记忆!我们似乎

是在镜中穿越。我们所路过的
河流,也时而清澈

时而浑浊。没有更多的车同行
只有这无尽的青山,只有我们的

前生和今世,只有一道鸟影……

2019. 4. 21

给简·赫斯菲尔德

简·赫斯菲尔德,
一位美国女诗人,生于纽约,
九岁时她为自己买了一本日本俳句,
也许那就是一个诗人的开始;
后来她移居到旧金山,放下写作,
专习禅宗,
直到有一天,她在北加州的山下
读到"流亡中的杜甫"……

而我翻译到这里,停了下来,
我走下楼。路边的丁香花已开过了,
但是松针刚刚变得湿润。
我不知道我是否有了一首诗,但我知道了
是一种什么力量需要我承受,
是一些什么,使我们从昏睡中
醒来,并充满了感激……
我需要写出它吗,不,我翻译。

简,我的生命同你的一样,
都是一种准备。
即使我们迷茫,疲惫,一天天荒废,
也是一种准备。
即使我放下正在写和翻译的东西出来
作长长的、流泪的散步,
(遥望着你遥远的北加州)
也是一种准备。

2019.5.4

飞 行

像一只细长的蜻蜓
我的飞机在飞行

从莫斯科到布加勒斯特
我的蜻蜓有五十双复眼

而在穿过巨大云团的一瞬
我的耳朵幸福地聋了

然后是罗马尼亚彩色的田野
像是他们的条形国旗

如果你是被递解的囚犯
你会看到他们仍在公路上追逐暴君

如果你是归来的爱明内斯库
你得为广场上的人们准备一首诗

但我只是一只蜻蜓

我振翅,观看,我要寻找的

无非是大地上一枝摇晃的

芳香而又带露的草茎

2019. 5. 11

在老子故里

传说老子一生下来就老了

老子没有童年

除了孔子前来问礼

无人知道老子是谁

我们登上陡峭、孤拔的老君台

已是在二千五百年之后

生逢乱世,行至函谷关

他交完他的"税"就走了

有人说他化为一只鹤

也有人说他至今仍滞留在丹麦——

像布莱希特①那样，一边听着
从收音机传来的故国的嚎叫声

一边用一支无用之笔
写下他幸福的流亡日记。

       2019.5.25 河南周口鹿邑

---

① 布莱希特，德国诗人、戏剧家，上个世纪三十年代纳粹时期在丹麦流亡期间曾写有《老子出关途中著〈道德经〉之传奇》一诗。

凯尔泰斯·伊姆雷

从十四岁时被押送至奥斯维辛集中营
到七十三岁时来到斯德哥尔摩金碧辉煌的颁奖大厅,
凯尔泰斯·伊姆雷,走过了人世间
最不寻常的历程。

这是对苦难的奖赏吗?
不,这是"奥斯维辛的胜利"。
他的嘴唇动了动,几乎像死人那样
动了动。

还说什么呢?啊,亲爱的大地,
你这残暴的大地,
魔鬼般的大地,
仍冒着滚滚浓烟的大地……

然后他低下头,像接受死亡的仁慈一样,

或一件仇人的礼物似的,
从国王手中接过了获奖证书。

2019.6

狄欧根尼斯的灯笼
——献给曼德尔施塔姆

1

观看一只市侩的海鸥可能有比
观看乌鸫更多的方式,
斯蒂文斯也未必能够想出。

2

在树中我最爱松树,
尤其是海边那些迎风的
高贵、蓬勃的松树,
但是今天陈育虹来信说:
"老杨树更歌德。"

3

在夜晚我愿走在黑暗的河流边上,

而在白天我想看到大海。
不要问我为什么。

4

他一生都在等待一个日本人
把他译成土耳其语，
并深深地渗透进他的灵魂……
但是这样的时刻并未到来。
这样的时刻，如果有，
也永远错过了。

5

窗口。冰湖。枯黄的荒草，
等待着飞鸟的树。
但是，当他写作，他觉得天气
冷得还不够——还没有冷到
可以飘雪的时候。

6

见习期结束了，你终于明白：

只有以一个瘸子的步态，
才能丈量这坎坷的大地。

7

一只蜜蜂，没有飞回到
最初的那一滴蜜，
却死在我在中关村的窗台上。
我看到蚂蚁们
在为它举行隆重的葬礼。

8

我还看到，我总是看到
有个人影提着灯笼
进入冻土带……
也许是在一场狂欢后，
变成了一个白痴，踉跄着
追赶着他的灯笼……

9

那就是你吗，一个喃喃自语的疯子，

在一个超音速导弹的时代,
你是否还在
以奥维德的六音步诗体
和拖长的元音来计算
怎样走出加农炮的射程?

10

边界。蒙霜的黑土地。三年
之流放。而现在我也希望
有这样一个缓刑期——
让我在扑倒前也能呼吸到
那一阵初春的、堪称是幸福的
气息。

11

始于对古希腊拱顶和圆柱的向往,
终于与一只鼓胀的虱子
在肮脏、黑暗的中转营里的对话——
这,也是一种完成?

12

在你死后多年,
我的脊背开始疼痛,
我寄出去的包裹也被退回,
我的镜子完全变暗,
我还没有听到
那清澈空气中的交谈。

13

九个缪斯也许太多了点,
五十九只天鹅也被别人写过,
现在,我只想看到一只
越季飞来的
白头翁。

14

这条街总是在修修补补。
(甚至挖出了莫名的骸骨)
但是,当新栽移的银杏树,

幸存的几棵老槐树，

还有昨夜黑暗的知识——

当它们的叶子全都飞搅在了一起，

我就穿行在我的天堂之中。

2019.4—6 人大林园

北行笔记

> 像是在中途换了车……
> ——阿赫玛托娃《一点儿地理》

从京承高速上出来,转入 111 国道,
我们越过巍峨的河防口长城,
在怀柔的山沟里穿行——
镶黄、淀蓝的锦旗在旅游点里飘扬,
提示着当年血与火的入关,
汤河清清,似从童年流来;
但唯有北方无言绵延的山岭要让人流泪。
而在穿过隧洞进入丰宁然后向西
拐入一道大峡谷后,
车窗外忽现异色:一边是
怪石嶙峋的"窟窿山",一边是
一座座刀削般的棱型草坡,
(像是风中的金字塔)
我们来到了什么地方?一种怎样的力

曾在这里奔突聚集?(后来我们才知道
这里被称为"十里奇风峡谷"!)
带着几分恍惚,我们继续沿着
峡谷尽头的盘山路向上攀行,攀行,
似在巨灵的注视下,
(看,那山腰间的白桦林!)
我们终于来到坝上,车上有人欢呼起来,
说这里距北京 260 公里,
北纬 42 度,平均海拔 1487 米——
这里便是内蒙古高原的尽头。
啊,高原!就在拎着行李入住"白马饭店"前,
在死火般凝冻的巨大黄昏中,
我看见几只黑鸟在飞,像是从一部史诗中
遗漏下的细节……

睡不好,似有点高原反应。
想写诗,但又遗憾未能把一个历史学家
和一个地质队员同时带在自己身上……
一切都太晚了。睡不稳的梦中
唯有马嘶声,还有几株银色的白桦树
在黑暗中不时闪光。

2019.6.1 河北丰宁马镇

想起一部题为"希望的旅程"的电影

贫穷的土耳其,
天堂般的瑞士,
阿尔卑斯山上陡起的暴风雪,
幸免于难,从倾覆的货车中
挣扎着爬出的偷渡客……
而电影最后,
是边防收容所里的问询:
"谁带你们来的?"
——"希望。"

而我为什么想起了这个?
在我们自己的人生旅程结束时,
从我们悲痛的嘴上吐出的
是不是也是这个词?

故事结束了,永远结束了,
这还是二十多年前

我看过的一部电影,

而阿尔卑斯山上的冰风,

仍在我的耳际

永无休止地刮着……

        2019. 6. 13

篁岭一日
——给陈离和他的学生们

我们在雨后的黄昏入住
在第二天的雨雾中离开

我们不是思想家,甚至也还不是诗人
如有可能,那就化为
这些在屋檐下来回飞翔的燕子

我听见了它们无声的鸣叫

我们在山道上散步,一会儿下雨
一会儿起雾,一会儿霞光
闪射在你和我的额头上

而在满山的雨瀑声中
我更爱这墨色的屋瓦、赭红的砖墙
和小巷中撑伞的寻梦人了

我们都经历了很多,从风尘仆仆的
人世,到这仙境般的山上,我们知道了
什么是一个人的感激和自由

我们在夜晚读诗,每个字念下去
都应和着这高山上的安静

我们住在"添丁巷"的一座小楼上
而在"担水巷"的低矮门口
留下了我们最孩子气的合影

如今我已回来数日,眼前仍是青山流云
和雨后窗玻璃上最晶莹的雨珠
我惊异,这是不是我做过的一个梦

2019. 6. 23

在 洞 头

——给王子瓜,一位年轻诗友

当一具失踪多年的尸体从一个中学的
操场下、从一堆乱石下挖出来,
暴露在氧化的空气中,
我们在一个临海的山坡上谈诗。
我们谈着两代人的区别和联系,
谈着张枣和他的"万古愁"(现在它听起来
怎么有点像顺口溜?)
谈着那过去的被埋葬的许多年……
这是在中国东海,一个叫洞头的半岛上,
大海一次次冲刷着花岗岩石,
在我们言词的罅隙间轰鸣。
我们谈着诗,好像什么也没有发生。
我们谈着诗,而礁石上的钓者
把他的鱼钩朝更远处抛去。
我们谈着未来和我们呼吸的空气,渐渐地
那压在一具尸骨上的巨石

也压在了我们心上。

谈着谈着,我竟想起了张枣的一句话:

"既然生活失败了,诗歌为什么要成功呢?"

我们都不说话了。我们能听到的

唯有大海的冲刷声。

我们流泪,听着大海的冲刷声。

2019. 6. 28

过绍兴古轩亭口

这就是秋瑾就义处——
变黑的纪念碑
像一根刺
仍卡在
一个国度肿胀的咽喉里

我知道这个比喻陈旧
但我已想不出
更好的

而黄昏的光亮如此明丽
当年华老栓起早买人血馒头的
古老刑场
已遍布星巴克和化妆品商店
更远处的食街
则亮起了大红灯笼

其实写一首诗也无必要

我路过这里

只是想哭

                                  2019. 8. 26 绍兴

夜访百草园

夜访百草园,这也是我童年的
魔幻世界

泥墙变成了带装饰网格的石灰围墙
开着南瓜花的菜畦仍在
鸣蝉的长吟仍在

碧绿的覆盆子仍在,皂荚树下
那只斑蝥仍在(我们小时候都叫它"放屁虫")
它那"啪"的一声,也曾让我感到无限神奇

萤火虫仍在,荒草中的石井仍在——
井口被封死,但那个从井沿上跳过的
小男孩的身影仍在

大人的喝斥声仍在,母亲唤吃晚饭的声音仍在

冬天的积雪仍在，乌鸦和麻雀都会飞来
夏日闪电的鞭打仍在
腊梅花的香气仍在

墙头那边陌生的声音仍在（如今它在唤着
谁的名字？）

远去的摇橹声仍在，门口的
乌篷船仍在

少年闰土仍在，中年闰土仍在
祥林嫂仍在，阿Q仍在

赵家的狗仍在
铁屋子里的那一声呐喊仍在

这是夏末，静静地，我们探访着百草园
我们暗自欢欣，却又想流泪
好像我们是替先生回了一趟
他再也回不来了的故乡

故乡仍在,蟋蟀们仍在,这是夏末——
在我们离去后它们就会唱起
它们最后的歌

2019.8.26 绍兴

看山的几种方式
——在某景区

"看,像不像一叶风帆?"
像,真像。再转过一个山涧,
望向同一座孤峰,
"看,像不像一支笔?"
没有人再回应。我们默默地跟着导游,
好像我们都是些盲人,
在哀悼着一擎火炬。

2019.8.28

乌 海 行

*

这里的日落比我们来的地方晚一个小时。
晚上七点十分,在乌海,
像是赶赴一场葬礼,
我们来到湖边观看落日,
而它好像也在等着我们,浑圆,准时,
在人们的欢呼和拍照后
徐徐落入湖对岸变暗的山丘之中……
不再有人说话了,只有水波的喋喋声
和一阵密吻式的凉风……
我们想起王维:大漠孤烟,长河落日,
而光和暗影在湖面上迅疾扩展着它的幅度,
寂静再次变得完整。

*

坚硬,苍灰,寸草不生

蚀岩斑驳的甘德尔山，
像是一座座巨大、奇突的飞来石
耸峙在黄河边……
但它不是戈壁花园里的摆设——
为了一个帝国的边界，
成吉思汗曾在这里一再勒住
他的骄傲的马头，
等待着黄河和某种意志
在寒气中结冰……

*

而我们在沙海里跋涉，穿行……
我们登上沙丘——这风的杰作，
任沙子在脚底下流动。
多么优秀的沙质！
捧起一捧沙，就像捧起金子，
捧起我们一生的粮食……
起风了！我低头行走且听着
风的叮嘱：让这里的沙子
灌溉你们的骄傲吧，
一粒粒沙，像一个个字

飞掠在我的耳后……

*

在满巴拉僧寺庙,
在正午的热浪中,我们以手遮阳,
望着半山腰上那座寺庙的琉璃屋顶,
我想起了昌耀的一句诗:太阳
"烧得屋瓦的釉质层面微微颤抖……"
那时他是大山下的苦役犯,是饥饿
引起了他的一阵阵眩晕?
而现在,我们走过转经轮(我们的汗水
也落在滚烫的尘灰中……)
似乎一切的苦难都消融了,当我
在带空调的蒙医博物馆里出神地看着
那一枝枝奇异的、浸制在
玻璃瓶里的药草标本……

*

干旱的土地,"一年只下一次雨"!
唯有黄河千古不绝,

从这片焦渴的山川流过……
我理解人们为什么称她为"母亲河"了——
啊,黄河,我们的眼、嘴和手朝向的河,
纵使你带来的是滚滚泥浆,纵使
你在开春化冻时给我们的村庄和田地
带来更可怕的冰凌……

*

同行的诗人庞培,这次我才知道
他本名王方。一个诗人
为什么要用一座毁于火山灰的古城
作为他自己的笔名?

我们来到二道坎河川,
一座形如金字塔的明代烽火台,
没有狼烟,也不再有厮杀声。
来吧,兄弟!让我们攀上
这尚未完全塌陷的废址,
从河对岸那一座座冒着滚滚浓烟的
　　焦化厂的高炉间
眺望我们的永恒!

*

下午,在黄河边的葡萄园
我们终得以坐下来,
品尝着这里产的冰镇白葡萄酒;
一排高大的白杨树在我们身后哗哗响着,
闪耀着来自地下乌金的色泽……
我们这是在哪里?
我知道在我们脚下就是亿万年前的森林,
我感到在我身体的炭化世界里
此时也有一些东西出现在了风中,
啊,一片银磷色……

*

又见沙漠、沙丘、沙棘,沙子……
又是永无休止的风……
四只高大瘦弱的骆驼,一只卧着,
三只站着;
它们的身边都没有草料,
但从它们的眼瞳里投出了远方的地平线,

它们的苍老的半圆形的嘴

仍在咀嚼着,咀嚼着……

       2019.9 内蒙古乌海市

重访伦敦,第一夜或第一日

在伦敦东,我住在一个湿地湖区公寓
不是初到时的时差
是早起的鸟儿唤醒了我

我只好出去散步,梦游般地
沿着苇草掩映的水渠而行

我看见一只小松鼠蹲立在前面路口
双手抱拳,似在做晨祷

我看见一棵披着晨光的古老橡树
背后的一侧还是暗黑的

而一只只从我身后跟上来的野鸭
边游边呷呷地啄水,啜饮着光

我想跨过那座老石桥,我要走得更远

一直走进黎明的心脏地带

我像是来到人类的第一个黎明前哨
而那些练晨跑的人还未出现

我仿佛穿过了无数个黑夜，在这里
在这棵被晨光穿透的大橡树下
再次获得对黎明的信仰

我也不再想别的，我只愿在我的眼瞳里
在大地古老的画框里
能永远留住这最清澈的光

2019.9 伦敦

Woodside Park 车站

　　站台是一个词，而无尽的句子就在这个词里。
　　　　——引自旧作《另一种风景》(1993)

当伦敦地铁开过芬奇利，就在露天里穿行，
再往北开两站，就是我的目的地；

我没有去寻访当年住过的房子，
我所惦记的，只是这个车站，

因为从林边花园飞起的几只黑鸟，
让我第一次看见了叶芝的
为乌鸦所愉悦的寒冷的天穹，

因为我曾从这里一次次进城和"回家"，
从车站一侧到另一侧，跨过天桥，
而天桥下面是闪亮的
让我不敢去多看的铁轨……

因为在这里我曾一次次等待一个女孩，
而她似乎从未到达，
也因为在这里我曾目送顾城和谢烨上车，
我还记得那最后的挥手……

而这是九月初秋。铁轨和枕木间开始飘落
一些青黄的、还有些湿润的叶子，
我久久地凝视着它们，一边走上天桥——

我需要怎样迈步才能走上这天桥！

2019. 9 伦敦

在大英博物馆

希腊骑士们仍在残壁上前进,因为我听到
马蹄的得得声

无头的命运三女神仍把爱琴海披在肩上
那大理石的波浪一层层
从胸乳前落到脚下

无臂,但她们仍在纺着! ①

而东方的女菩萨,也是我们从未见到的样子
她横跨着坐在石阶上
陶醉于阳光和微风

---

① 现存于大英博物馆的"命运三女神"是古希腊帕特农神庙东山墙上"雅典娜诞生"群雕中的一组雕像,头臂均残缺,为司纺生命之线的神灵。

而我有点想哭，因为我从未想过
我们的生命竟如此美丽！

2019.9 伦敦

伦敦东的一个橡树大花园

九月初秋,当我重访这里,
在挺立的橡树与起伏的草场间
已是一片灿烂的金黄,
仿佛什么都没有变,草丛间仍散见着
跑步的人,散步的人,遛狗的人,
过去的人,未来的人……
只是当我进入路边的"希区柯克旅馆",
里面的那家中国餐厅却没有了,
曾在那里打工认识的北京老板和天津侍者
已不知去往何方。
我发怔般出来,站在当年曾流泪眺望的大门口——
仿佛进出间,远处的橡树已被荒草吞没,
而起伏的草场变为一片银色,
在下午一阵强烈的光照下。

2019.9 伦敦

给西蒙·阿米蒂奇①

第一次见面,是在多年前鹿特丹的诗歌节
那时你还留着平头,像一位
来自英格兰的足球新星

现在,我们在你西约克的家乡相会
你的头发半灰,声音也有些沙哑
但时光已在人们眼前雕出一副大师的形象

"那时你十二,顶多十三""时间
怎么就晚了呢",你曾在诗中这样发问
当你俯身去看你童年时代的那张小床②

你高大微驼的后背,现在已像是奔宁山脉的脊柱

---

① 西蒙·阿米蒂奇(Simon Armitage, 1963—),英国当代著名诗人,生于西约克郡马斯登镇,近些年来任教于利兹大学,并当选为英国桂冠诗人。
② 见西蒙·阿米蒂奇的名诗《傍晚》。

而在我们合影的一瞬，你的一双大手
又伸了过来——这样的大手
足以在一个高沼地泥炭王国里尽情劈砍！

2019.9 利兹大学

"呼啸山庄"歌行

从勃朗特三姐妹之家出来
我们朝向"呼啸山庄"行进

而当地人都曾起誓:"那个人还在走动"
你看见了吗

凯瑟琳安息了,希斯克利夫安息了①
三姐妹很快也安息了
在那片飞蛾扑腾的草丛下

一路上,尽是蔓生的野钩子
是成熟、变黑的成串越莓
是布满一道道石头垒墙的牧场
还有几只孔雀蓝的蝴蝶
在伴着我们飞

---

① 凯瑟琳和希斯克利夫为《呼啸山庄》中的男女主人公。

这走不够的英格兰山谷步道——
破败的荒屋,丛生的石楠
一头雄壮的山羊从斜坡冲向我们
但又伫立在那里
带着愤愤不平之气
而在更远处的高沼地上
荒草一片金黄

多美啊,就在这条碎石路上
夏洛蒂怒号
艾米莉狂笑
小安妮在舞蹈

我从小就怕鬼,尤其是女鬼
但现在我不怕了——

你啊,橡树,山坡上倔犟的橡树
你是怎样从地狱的挣扎中
探出了身来?

你啊,上帝和撒旦也无法阻拦的

希斯克利夫！让我也跟随你

在狂风中揪着荒草而行！

你的斗篷，你们的斗篷

会永远为我发出猎猎声响

而这是秋天

这是让人想哭的秋天

荒原的女儿，痛苦的天才

这是从你们的笔端才涌起的风景

这是一道从你们挣扎的深渊

投向天际的曲线

而我也明白了

当那棵高坡上的大橡树与荒屋

永远长在了一起

我应该在狂风怒号的冬天来——

那赞美之声，诅咒之声

那风暴之声，马嘶之声

灵魂的呼啸之声

啊啊,哈哈,嘻嘻

我会流泪再次加入你们的行列!

2019.9 利兹

后圆恩寺胡同的秋天

从茅盾故居出来
"嗖"的一声
一辆自行车从我的身边蹿过去了
是一位穿校服的少年

安静、寂寥的古老胡同
没有任何人,好像是
我自己的前生或来世与我擦身而过
我看着他起身蹬车,只那么几下
消失在小巷尽头……

青灰的墙。墙角的
垃圾桶和上了锁的三轮车……
而两棵高出屋顶的老树
以黝黑的枝干、满树青黄的叶子
问候着我们生命中的
又一个秋天

2019. 11. 3

"我听见一个声音……"

"我听见一个声音,一只鸟的声音,
这声音对我讲话……"

——"顾城在德国或维也纳的开场白
总是这样",顾彬回忆说。

是,在伦敦时他也这样,我在场。
那只鸟,好像是为了他的演讲,
从波恩飞到了英国。

那只鸟在飞,在我们的童年
我也曾听到它的声音。

那只鸟还在飞,但我们都不再可能
说出它的名字。

那只鸟在飞,在鬼进城的时候,

它曾和蝙蝠一起，一头撞进我们的胡同……

那只鸟还在飞，一会儿是卡夫卡的乌鸦，
一会儿是山东农场上空的百灵……

那只鸟在飞，它不飞，
整个世界都会朝深渊里下坠……

那只鸟还在飞——当你飞过激流岛，
请飞得低一些吧，请代我们哀悼
你的永远沉默了的诗人。

2019. 11. 8

秋　末

秋天到来我才感到自己植物学的贫乏。
银杏树谁都知道,但是其他那些
也变成彩色的树呢?是枫树还是槭树?
一周前我在锣鼓巷看见几棵满树黄叶的老树,
我以为是黄栌树,
但他们却告诉我叫"白蜡树"。

……秋末,我们攀上北京西山。
曾是一片苍翠的世界,现在一片褐灰,
愈来愈接近于岩石的颜色。
霜降过后,除了几株还挂着褐红圆叶的杂树,
满山的叶子都已落尽。
而我们若有所思地走在山路上,
路边灌木丛中的小浆果早已熄灭,
脚下的落叶,一片焦枯……
只有一棵苍黑的树上还挂着几个鲜红的柿子,
它们让人仰望,却怎么也够不着,

好像这就是我们这一生

能拥有的最后的果实。

2019. 11. 11

燕 子 口
——纪念一位朋友

如同李商隐最好的诗都是"无题诗",
我们在那座山脚下你们自己建的房子里
无数次又吃又喝,
却从不知道它所在的地名。
如今你走了,像个小燕子一样飞走了,
我们才知道:
它叫"燕子口"。

我恍然记起了怀抱你们家的那道山谷的形状,
(它的背后就是野长城)
想起有一天夜半在你家酒醒后听到的
不知是什么鸟的啾啾声;
我又看到了村口那两排苍劲、黝黑的柿子树,
好像就是它们,用鸟爪,用无臂之臂,
在一场场大雪后为我们扫出了
一条通向你们家的路。

但如今，我们只能流泪遥望燕子口，
遥望燕子口，我也知道了——
我必须作为一个知道怎样找路的鬼魂，
或一只奋力为新家衔泥的燕子，
才能再次回到那里。

2019. 12. 16

雪中吟

1

白茫茫耀眼、覆雪的冰湖
一串还未走到湖心
就折回的脚印

好像那就是我未能完成的一首诗
开始是想试一试,后来每走一步
都伴随着恐惧

2

似乎雀鸟比我们更喜欢雪天:
路过一个小公园
在一棵高高的白杨树上
我看到一群欢欣蹦跳的喜鹊
有八只

我把这张照片放在微信朋友圈里
有人说:"在你诗中还有一只"

是,我都忘了,但它就在那里

我有一颗石头之心
也有一颗喜鹊之心

我有一颗喜鹊之心
只是已很难找到它的同伴

2019. 12

第六辑 2020—2021

访策兰墓地

巴黎郊外,辽阔、荒凉的蒂埃墓园,
第三十一区。

(一切都是编了号的,就像
在奥斯维辛。)

我们是在一个阴晴不定的下午去的,
还刮着阵阵冷风。

平躺的墓碑上,只刻有一家三口的名字:
福兰绪　策兰　吉瑟勒①

没有任何装饰,墓碑上只撒有一些石子,
像是一些尖锐的字词。

---

① 福兰绪,策兰的夭折的长子。策兰1970年4月投河自尽后,和福兰绪安葬在一起。策兰的妻子吉瑟勒1991年逝世后也安葬在这里。

而两侧的杂草

像是从最后驱送的铁轨间重新长出。

我们放上三束洁白的菊花,

愿我们肩后的"无人",和我们一起垂首。

我和妻子分别用手掌扫着墓碑,

我们扫着,从你的故乡,到我们自己的

山川,从那些仍在痉挛的诗句

到这块青石灼人的冰冷……

最后,我把手重重地放在了

你的名字上面——

我不知道,我们能否安抚一颗痛苦的灵魂,

但在那一刻,手自己在颤抖。

我翻译了你那么多诗,但在那一刻

我才感到了那一直在等待着我的东西。

我从未冒胆对一个死者这样,
以后,也不会了。

但愿我们没有打扰死者的安宁,
我们起身,离去,树林那边一片血红。

像是与你握过了手一样,是的,
终于握过了。

——虽然打开来看,一片空无。

2020.1.30 巴黎

二 月

"二月。墨水足够用来痛哭。"
帕斯捷尔纳克的这句诗,
这几天不断被人引用;
它本来是一句关于幸福的诗,
却流传在一个不幸的年代。

铁一样的夜。
(似乎有人在摸黑下楼。)
而我睁眼躺在床上,如同躺在
黑暗船舱的一个铺位上。
我听着身边妻子平稳的鼾声,
好像就是它,
在推动着这只船
在茫茫黑夜里移动……

2020. 2. 13

仿小林一茶

> 我们走在地狱的屋顶上
> 凝望着花朵
>
> ——小林一茶

有时,我们走在地狱的屋顶上
凝望着花朵

有时,我们走在花朵的边缘上
俯瞰着地狱

现在,我再一次从窗口望出去
什么也没有

我多想回到我的地狱的屋顶上
凝望着花朵

2020. 2. 19

一张纸条

武汉女孩珊珊,父母都感染了,哥哥也感染了。

母亲最终还是走了,只留下一张纸条:

"你的做蛋糕面粉过期了,我拿走了,食品有保质期的。"

"你一个人生活以后要买小包装的;东西要归类,免得不记得。"

"用不了也是一种浪费。"

"日子是要精打细算地过……"

"别烦妈唠叨"(这是最后一次啦,网友注)

看了这张纸条,我一阵泪涌。我走下楼去。

我觉得我们也没有必要写诗了。

词语重如山,我们拖不动。

这日子以后怎么过,油盐酱醋怎样一点一点省着用,

岳阳楼上的杜甫也不知道。

而要听到那天国里的叮嘱声,我们也缺一只孤儿的耳朵。

我们都已写得太多了。

把诗作为一种遗言,把爱一字字留下,

只有一位当妈的在她最后的时刻才可以做到。

2020.3.8

纪念贾科梅蒂

二月上旬,回国前,巴黎蒙帕纳斯,
贾科梅蒂工作室纪念馆。
那些黏土、青铜材料、锈迹斑驳的调色板,
那些完成和未完成的、迈开细长腿准备行走的各类人物,
以及一个我在那里买下的
带有贾科梅蒂人物的白瓷茶杯……

此刻,一杯绿茶在我的桌子上冒着热气!
而贾科梅蒂的人物仍在行走。
他在蒙帕纳斯的街区里走,像是去买一杯咖啡,
或是在他瑞士家乡的山谷里走,不——
他是在另一个陌生的星球上走。
他走得一点不像贾科梅蒂本人。他走出了一个贾科梅蒂。
而我在这里转动着茶杯,他离开了我
又不断地走向我。
即使地球不转动了,我想他仍会在他的静止中行走。
他就是时间的人质,但又走出了时间。

他永远走出了那充满黏土碎屑和烟头的工作室，
如同一个残骸般的青铜的幽灵。

而这是四月初，如今
巴黎封禁的大街上恐怕不会有什么行人了。
但是贾科梅蒂的人物仍在行走，
他的身体前倾，只服从于自身的引力。
他似乎仍在寻找什么。他什么也不寻找。
他已走过了阿波利奈尔和策兰的弯弓般的米拉波桥。
他就那样走过，像是世界的一个残余，
但又像是刚刚走出我们这场劫难的
第一人。

2020. 4. 6 人大林园

风　筝

——给蓝蓝

诗人们在谈诗（我是他们中的一个），

当然也在谈疫情，甚至谈到以色列的小红牛

和死海里出现的鱼群……

在北京郊外的一个森林公园里。

这时来了三个背行囊的（像是三个

戴口罩的外星人）

原来是三个放风筝人。

我看着他们放线（对不起，我不再谈什么诗，

我只是听到有人插话，还有人

在争论翻译问题……）我看到有一只风筝摇摇晃晃地

飞起来了，然后被稳稳操控在

树梢的上方。

我从长椅上站了起来，在那一刻

我像是在接受末日审判，不，

我只是穿过了一片倒伏的密林，

在诗与大地之间再次感到了
那种轻盈和张力。

        2020. 5. 11

致　敬

1

我向一位日本僧人致敬,
因为他从鱼市上鲷鱼的齿龈
感到了自身的寒冷。

2

看不见珞珈山了,更看不见富士山,
一盆八月的茉莉花
却盛开在我新迁入的窗前。

3

晚间散步,仿佛是在去德耳菲的路上。
夜的密林里,
河面上隐约的光。

4

过去他赞美过孔雀的美和神秘,
现在他躲开了,
仿佛它会走过来吃人。

5

语言,与变老身体的节奏——
多了一些犹豫和停顿,
也请更多一些从容。

6

说来残酷,应感谢你的死:
冬日北方的冷光,
在八月,归还给了我们。

7

从圣雷米疯人院回来半年了,他还在想着

梵高画出的那片蓝色鸢尾花——

那一阵渗透沙地的宁静……

8

莎士比亚不知道自己是莎士比亚,

杜甫老去诗篇浑漫与……

这就好!让我们出去散步。

2020.8 望京慧谷阳光

在昌耀的诗中

1. 在昌耀的诗中

在昌耀的诗中,句子后面的
句号,接连降落。有时也像一个铜环
紧拴住一头发情的牦牛。
以这个句号,万古与刹那与他内心的
火成岩挤压在一起,
并露出一抹婴儿的微笑。
也爱用排比句,长句,最后还是那个句号,
而那个苦役犯,或是托钵僧,
带着"被抽筋似的快意",又向前
"趔趄了半步。"

2. 在昌耀后期的诗中

天色未明,依然是那座屋脊。
青藏高原弯弓般的形体何以变成

陀思妥耶夫斯基的地下室,

这是一个痛楚的谜。

失落的鎏金宝瓶。扼腕者。

哈拉库图之夜的灌溉。

拂晓,当山垴如巨灵腋下的首级,

他肩负犁铧走过去,但又与

山坡上那个穿长衫的拿撒勒人错过,

这同样是一个谜。

2020. 9. 21 青海

在一个雨雾飘散的秋晨……

在一个雨雾飘散的秋晨,在青海佑宁寺,
我看见一位年轻的
身披深红色僧袍的阿卡,绕着
寺院前的那棵菩提树
一遍遍地扫着落叶……

我听着那扫帚的沙沙声。

我们好像是穿过了千里万里的黄沙天,
碰巧来到那里。

我走上前。我不说"谢谢",我说"谢谢你"。

而现在,在北京,在这雨雾聚拢的清晨,
我再次醒来。
我听着滴水声,
我又听到了那扫地的沙沙声……

好像这一次我是真正醒来,

好像那来自一棵繁茂大树的青黄落叶

还在不断地

为我飘下、飘下……

2020. 9. 23

郁达夫故居前

初秋,江南的桂花树香气正浓
我再次从你的旧居前走过

富春江仍从你的笔下日夜流动
拨开岸柳,江面更开阔了

人们为你塑像,而那是一个十六七岁少年
远行前望故乡最后一眼

他再也没有归来,从"沉沦"前的呐喊
到最后倒于苏门答腊的丛林前

但你仍静静坐在这里,任门前的拖船来往
航行奔波于另外的时间

2020.9.28 富阳

访黄公望富春山隐居地
　　——给蒋立波、茱萸、赵俊

竹林青翠，夹杂着几株橙黄色树干
不知是何树

山溪时而消失
时而从沙石河床下渗出

我们结伴而行，四个欢悦的
"现代汉语诗人"

似有人与我们在山道上擦肩而过
但什么也没有

总是如此，有人登高察看山脉
有人在谷底一意潜行

有人作画与故国告别，更多的人

寻隐者不遇

山梨是苦涩的,咬一口
你才知道什么叫成熟

山水是高远的,以一生的血汗
我们也未必能把它洗出

2020.9.28 富阳

致敬《富春山居图》

这是卜居富春的馈赠
也是你多年前在狱窗前就梦到的风景

从一道河岸开始

从一座山开始

这是我大宋的一统江山
也来自汉魏风骨
是我从小就攀爬的父母双亲的膝盖
也是义士的铁肩和额头
它缓缓向上,坚实,裸赤,光洁
是巨灵们挺起的脊背
是任何铁蹄也不可再征服的山
任何创痛都在风中消散了
它的来龙去脉已在你我的前生
和来世中显露

我要赞颂它的每一座峰峦

和光照下的壑谷

我的笔就是我的手

从这些树开始，松树，柏树……

（远处有孤舟泛起）

道旁之树，荒村之树

石隙之树，含烟之树

三朵云之树，五柳先生之树

它们远看是山的点缀

但它们是山的子民

它们耐千年之寒

已在贫瘠中扎下了深根

这些风中之树，泪柱之树

孤魂之树，远客之树

它们与自身搏斗

它们各自扶疏，揖逊相迎

现在，它们已为我传来

兄弟般的涛声

从这些石头开始

金刚石，花岗岩石，溪涧石

苦海石，问道石

从光明朗照中崩落的

飞来石，压舱石，砌石

钟石，鼓石，火石

太白石，岑参石，寒山石

东坡石，梦石，吞声石

忘川石，转世石

咄咄怪事之石

马槽石，虎石（前额，侧腹……）

面壁石，屈身石，长啸石——

这不同的

而又相同的纹理！

从这条山道开始

度驴，度马，度魂

山岩崎岖，万象峥嵘，有如涌来

前方数峰隐去

近侧一峰再起，逼人

而又可亲

峰头朗照，后山有雾

清风拂面，斜坡逶迤

也有踌躇的时刻，走不动的时刻

行道迟迟,载渴载饥
这是我们的还乡路啊
不过,远处那浩渺的一带江水
是从哪里来的?已先我
从溪桥上拄杖行过的
又是谁?

江上有渔翁,山中有樵夫
(何时了,那伐木的丁丁声?)
茅亭里有高士,冠冕如云
(他死了还在看吗?)
那里,"时间山坡"上的最后一家
那里,应有我的"黄铜茶饮"
那里,来,无用师
让我们展开这九尺卷轴
也让我们一哭靖康之耻……
那里,且让我们抽出最后一卦
驻足,坐看鸟争林

这是我的前行和告别
这是山的终结,河的开始
从这些近景着手,也由

更远的远景衬出

这是我的请安,也是我的致敬

我们一起走吧,顺着

这山势,绕过这溪流

展开这无尽长卷

磅礴有时,葱茏有时,兴亡有时

繁华落尽有时

到那苍茫处,自有一滩

如霜寒闪耀的白沙

那里,我会为你提前落款

如同那远山,那波浪线

留出的最后一笔——

这是上苍为我们准备的怀抱

也是我一生的淘洗

木叶已经脱落,山道由前人凿出

秋波涌起,墨色转淡

江山只在尺幅之间

(风雪之日,一切还会变容)

来吧,无用师,我把它

还给你,还给富春

还给那更伟大的虚空——

我完成了,而又未完成

在我们离去后,自有人
在这片山水中行走

从这道已变得苍茫的河岸开始

从这座更伟大的山开始

2020. 10—12

一棵桂花树

——给李志军博士

一位俄国流亡诗人曾说犹太教
就像"一滴充满了整个房间的麝香";
推开汝州风穴寺书院的柴扉,
当一阵桂花树的香气袭来
我想起了这句话。

竹林小径。初秋凋残的荷塘。
三亩地的废园。掩映在荒草杂树中的
唯一的一棵桂花树。
(你用手指给我看)
如墨的山色。一阵微风。
似乎整个世界只有这一棵奇异的树。
我们在月夜里漫步,那暗香一直跟着我们
如一缕游魂
直至风穴寺的陡峭山门。
你谈及处世的艰难,谈到你多年的追求,

谈着甚至连亲朋们也难以理解的
你的放弃和自由。
不错,这一切也都来自于山下的那棵树,
而它的苦涩和流动的芳香
也就是我们唯一的宗教。

        2020.9.29 河南汝州

旁注之诗：秋兴

1．"玉露凋伤枫树林，巫山巫峡气萧森。"

一夜之间，满山霜打的枫叶都开始衰败了。
一夜之间，我的头发全白了。
一夜之间，萧杀之气充塞于高江急峡之间。
一夜之间，我一生要写的诗，
我的新鬼们和旧鬼们——
都全来找我了。

2．"江间波浪兼天涌，塞上风云接地阴。"

江水滔天，如此湍急，如你昨夜梦到的猛虎。

阿赫玛托娃俯身于苦难的涅瓦河，
而想到远方流放犯们的顿河、叶尼塞河、卡玛河……
（她的安魂曲会献给谁？）

而你身陷峡江却看到了塞上乌黑的乱云。
这是你抱病登临看到的吗?
还是一联诗的对仗要求的?
诗人,是一种怎样的力使你提起了
你那枯瘦的右臂已提不动的笔?

3."丛菊两开他日泪,孤舟一系故园心。"

这是我来夔州的第二个秋天,
也是我人生的第五十六个秋天。
让我流泪的,已不是别的,
是这些我再次见到的
在冷风中簌簌作响的野菊花。

泪,成了他日之泪;人,成了末日之人。
而我可怜的故园,如果它还在,
也全凭这危岩下的孤舟。

4."寒衣处处催刀尺,白帝城高急暮砧。"

又是逼人的秋声。我的命运,你已在
木砧上,石砧上,词砧上

为我展开了刀尺。

而在满山急急的捣衣声、捶打声中，

白帝城，你这托孤之城，雷霆相斗之城，

孤鹤腾飞之城——

你也愈来愈高了。

5."夔府孤城落日斜，每依北斗望京华。"

孤城。离岛一般的孤城——

每当北斗七星垂立于夜空，

一位诗人便循着它的方向望去。

他仅仅是在遥望远方帝都的灯火吗？

他的李白哪里去了？同学少年、五陵衣马

都哪里去了？他到底忠实于谁？

他的一双枯眼还能望到些什么？

他的七岁的童年，为他闪闪升起。

6."听猿实下三声泪，奉使虚随八月槎。"

那是一种怎样的生灵？你看到了吗？有谁看到了吗？

但你听到了,一声,两声,三声……
似从古老的"巴东三峡歌"中传来……

那是夏末,承负徒劳的使命,你飘荡在一条前行的浮槎上。
而那也是我,为你的诗写旁注的人,
千年后溯源而上,任你的声音冲刷我的船头;
啊,但愿最后我也能抑制住,那一声声
似人而非人的空谷哀音……

2020. 10

幽 州 台
　　——给胡亮

口授者早已消失在苍茫大地。
正文是从一位泫然流涕的追随者那里来的，
诗题是后人给起的；
于是我们就有了《登幽州台歌》，
有了一代代的登临
和对永恒的张望，
有了一声令天地变色的长啸
和这千年不绝、至今仍带着
哽咽之声的余音
——从"幽州台"（而非蓟北楼），
从那个自深渊中为我们
再次升起的幽州台……

　　　　　　　　　　　　2020.11.19 射洪

附记：自明人始"赋题"（起诗题）相传的《登幽州

台歌》,乃出自陈子昂友人卢藏用的《陈氏别传》:"因登蓟北楼,感昔乐生、燕昭之事,赋诗数首,乃泫然流涕而歌曰:'前不见古人,后不见来者。念天地之悠悠,独怆然而涕下。'时人莫知之也。"这可以说,由众人之手,推出了子昂的这首千古绝唱。

谒子昂墓

独坐山下,梓江与涪江的交汇处。
("射洪",江洪如射!)
如果你来凭吊,最好是乘船来,
像杜甫当年那样(如果你能
渡过那些凶险的湍流!)
一位哑巴守墓人过世了,一位大娘
又接过了他的扫帚。
青青侧柏。金黄的银杏树。
但有人告诉我:"文革"期间,墓地上面
曾建有一个厕所!现在墓地朝前挪了,
像是要摆脱一个时代的恶臭!
我们能说什么呢,在这
永恒无言的独坐山下?
高大的坟茔,紧箍的墓石——那里面
真有他那闪电般的遗骨?
一个诗人,不见容于世,
他只能永久立在那幽州台上了——

那遥远的、断头台一般的

幽州台!

      2020.11.19 射洪

乱石赋，或曰"论美"
　　——再致胡亮

在沿江前往子昂故里的途中，你说我忽然
叫停了司机，是！那一河滩的累累乱石，
那些倒伏的、似乎还在挣扎的
被洪水齐腰冲刷过的树！
我没想到美丽的涪江竟如此凶猛！
我们是来挑拣一些奇异的卵石吗？是，但我们
像是来到一个古战场，转眼就变成了
收尸者，哀悼者。"这完全是大屠杀啊"，是，
但是，难道这里不比"平沙落雁"更美吗？是，
但是我们被允许使用"美"这个字眼吗？
我无法回答自己了。我只是呆立在那里，
望着那些被兜底掀起的榆树、柳树，不，
那些卖炭翁、琵琶女……不，那些乱世流民中的
东坡、披头散发的阮籍、气喘吁吁的杜甫……
我看着他们，而远处的山坡上依然是一缕炊烟，
黑瓦，青青的菜地，果实累累的柚子树……

多美啊！是，但是难道美就意味着拉开距离
来遥看？你能回答吗，朋友？当我们
一起呆呆地看着那些深陷在乱石堆里
无助，而又永远不再挣扎了的树……

2020. 11. 19 射洪

写给遂宁"涪社"诸诗友

1

为什么这个青瓦小店不叫"浊酒杯"呢?
好让我们接着老杜喝!

2

别看刘洋年轻,他烧的去刺柠檬鲫鱼,
和王佐良晚年的翻译一样
都堪称是"大师之作"。

3

琵琶女来了,终于来了——
一曲《十面埋伏》!
好在江州司马不在,不然真会把她带走。

4

我想念的,还有院墙上的那些小小的
灯笼花,在那个巴蜀的暗夜里,
像是彗星微红的心脏。

2020.11.26 望京慧谷阳光

雨雪中访平江杜甫墓祠

即使不是乘船来,我也能想象你在生命最后
"风疾舟中伏枕书怀"的情景。

我们驱车,穿山越岭,行至半途,
一带雾中江流便出现在窗侧——

它是来伴随我们的吗?带着两岸残枫
和飘拂的苇草,像是从你的诗中流来,

只是天色在变暗,先是冷雨,
后来变成了"舞回风"似的飘雪。

我什么也看不见了,只是那道江流
仍时隐时现:为什么你会从洞庭调头

沿汨罗溯流而上?是病重求医
还是重又听到三闾大夫招魂的声音?

但是一切也该结束了——你的双眼在这里
最终合上：你已强睁了很久很久。

你的枯眼合上，而泪从我这里涌出。
我们这一生也只能靠泪水带路。

什么是你要看到的？山丘上的空坟
还是那一叶永远消失了的孤舟？

我什么也看不见，只有这飘旋的冷雨
和这针尖似的细雪。

     2020. 12. 13 谨以此纪念
     杜甫逝世一千二百五十周年

冬日读苇岸日记

又是霜雪闪耀的冬天。
在你离世多年后的这个下午,
我读你留下的日记:

"今天下楼了两次。晚上我出去时,
天已经晴了。夜空非常干净……
北斗七星,她的样子非常美丽。"

(这是怎样的一种语言?!
不是"它的样子",而是"她的"!)

"家新他们来了,蒙妮卡留下赠语:
"我在你家看到了白桦树皮,对我,
它是大地上最美丽的树之一。"

是吗? 我都忘了! 我把
那个曾照亮我们生命的瞬间

都给忘了!

而当翻到这一页:"家新打来电话,
询问我这两天的情况……
我说我不适宜进入二十一世纪。"

我再也不能往下看了。
我走下楼去。兄弟——
你永远留在你永恒的家园中了,
而我们又迎来了
一个寒气逼人的
最后审判似的凛冬。

2020. 12. 16

新年第一天,在回北京的高铁上

"多美啊,你看那些冬小麦田,
像不像你们的作业本?"一位年轻母亲
对趴在车窗边上的小男孩说。

"树上的鸟巢怎么全是空的?"
"鸟儿怕冷呀,它们都飞到山里去了。"

披雪的山岭,闪闪而过的荒草、农舍……
"池塘里面有鱼吗?"
"应该有,它们在冰下也能呼吸。"

而我也一直望向窗外(我放下手中的书),
它让我想起了基弗的油画——
那灰烬般的空气,发黑的庄稼茬……

而小男孩仍是那么好奇:
"麦田里那些土堆是干什么的?"

"哦，那是坟，妈妈以后再告诉你。"

就这样，我们从苏北进入齐鲁大地，进入
带着一场残雪和泪痕的新年。

忽然我想到：如果我们看到的
是一道巨大的地狱般的深沟，
像是大地被翻开的带污血的内脏和皮肉，
……那位当母亲的
会不会扭过孩子的头？

什么也没有发生。列车——
在这蒙雪的大地上静静地穿行……

2021. 1. 1

悼扎加耶夫斯基

1

对你的死我实在感到震惊——
仿佛我正埋头写,
仿佛我感到我还可以写十年、二十年,
仿佛我可以从容完成这一生,
但是突然间有人从我手里夺走了
我的笔。

2

又是风沙天。北京初春的
一抹新绿。从你诗中传来的
燕子无声的尖叫。
我走在一条深黑的波光粼粼的小河边。
我们又度过了一个寒冬吗？是,
但是我行走,那种力量也在行走,

这三月里的冰与火、悲伤和耻辱
都在焚烧。

  (你知道吗,还是马兹洛夫[①]
来信告诉我们的消息。
他也曾戴着氧气面罩
在重症病房里久久躺下。
你现在可以看得更清了吧——
他那严重受损的肺,
他那因为你的死而向他的上苍
呼喊般张开的肺!)

3

永别了,我们的诗人。
我想起了我们十年前的一次约见,
那时我在莱比锡书展,
但我无法赶到你的克拉科夫。
在你死后,我是否还要去呢?

[①] 尼古拉·马兹洛夫(Nikola Madzirov,1973—),马其顿当代杰出诗人,曾受到扎加耶夫斯基的大力推荐,在新冠疫情大流行期间,他曾受到严重感染。

会的！哪怕我见到的，
只是曾在你的上空来回飞旋的
奥斯维辛的燕子。①
此刻我已再次听到它们啾啾的呼唤。

2021.3.24

---

① 奥斯维辛集中营旧址距克拉科夫不远。扎加耶夫斯基曾写过一首《奥斯维辛的燕子》。

山 茶 花

——给一位韩国诗人

在戴望舒的诗中,

在露易丝·格吕克的诗中,

在你晚年的诗中,

我都读到了山茶花,

或者称"红山茶"。

碗形的,多瓣的,在我少年的

山沟里、中年的阳台上,

我都从未认出这种"错误的花"。

而现在我开车累了。我放平驾驶座位,

我只是想睡一会儿……

它也许只在我们的死亡中绽放。

它是死亡自己的花。

它也许会悬挂在但丁的黑色峭壁上,

作为对一个过路诗人的

最娇艳的奖赏。

2021. 4. 3

武大郎的骨灰

阳谷县城外,化人坑边的熊熊烈焰。
潘金莲的假哭。王婆皱着的眉头。
被砒霜毒死的武大郎。
邻里乡亲们的一声声"可怜"。
一个孩子听到的无声窃笑。
乘人不注意,团头何九叔,也就是那个
曾收下西门庆银子的验尸官,
拨去明火,把两块焦黑的骨骸
偷偷掖在了衣襟下。
(在上一回让一个孩子气愤的人
在这一回变了!)
然后是挫骨扬灰,然后是
春天的满天飞絮。

多少年过去了,多少英雄好汉的故事也都忘了,
除了这个细节。那时我七岁,
忘了吃午饭,埋头看《水浒传》小人书。

而早春的阳光，从一棵大槐树上
到现在仍为那个孩子倾泻而下。

2021. 4. 7

在小区里

傻儿子愈来愈高了
妈妈愈来愈小了
小妈妈紧挽着走不稳的傻儿子
从不抬头看我们
可是她的傻儿子啊啊地想同我们说话

多少年了,在电梯里,在小区花园里……
今天我又遇到了他们。
生啊,死啊,爱啊,泪啊
今天我只好沿着小河边走我差一点
就啊啊地走进了河里……

2021. 4. 13

旁注之诗,2021

2021 年的杜甫

当代的一些诗人,也就是些鹦鹉吧,
在争啄那几粒稻米。
而从我童年的那棵大树上,
有凤凰飞来。

布莱希特

"不要往墙上钉钉子"
——布莱希特如是说。
可是我们已往墙上钉了那么多,
除了一些黑洞
什么也没有挂上。

维米尔的小女孩

维米尔的小女孩,有那么多诗人

赞美你耳垂下的那颗珍珠，
但对我来说，它的美，
它所凝聚的光和
重量，其实是一颗泪珠。

鳄鱼街

还没有打开读舒尔茨的《鳄鱼街》，
我就已看到那双酒盅似的
装睡的眼睛了。
好在这里阳光美好，街道整洁，市面正常营业，
除了有几家车库的遥控门，不知为什么
还一直关着。

2021

阳台上的花园

——给朵渔

一个曾在锁孔里与命运对视的诗人
现在每天走向阳台
照料本属于他妻子的那些花花草草

现在他似乎很少写作了
他的词就是月季，金银花，仙人掌
还有刚刚生出柔嫩触须的
五月初的葡萄藤

我知道他会战胜锁孔里的那种敌意
却没想到
他得到了如此广大的祝福

而他的妻子边上茶边对我们笑着说：
嗯，现在每天都是他在搬动那些沉重的盆栽

把它们、也把他自己

移到早春的阳光里

2021. 5. 4

在阿那亚

在阿那亚临海礼堂
静静地坐下
没有牧师,没有念出声的祈祷
只有隐隐约约的涛声
和管风琴声
只有一只不知从哪里
飞到隔窗露台上的红蜻蜓

只有一轮巨大的黑太阳
高悬在海的蓝色之上

我在那里坐了五分钟
好像是受到一次光的洗礼
好像是大海坐了起来,并从胸腔内
泻下了流水般的管风琴声
好像在黑太阳的闪耀之后
一个流泪的人在我身上

重新睁开了眼睛

好像我走了千里万里
就是为了来到这里
好像在我身后还有无数的我
还有一只又一只的红蜻蜓
从风里雨里
就要相继来到这里

       2021.5.24 昌黎阿那亚

收到盖瑞·斯奈德的回信后

八月一开始,老头子又要进山了
为了他的"无尽的山河"
为了再次"工作"
为了密林间的那一群冠蓝鸦
啼叫出的光
为了每天回家时,能带回
一些野生的语言

为此他谢绝了我们的邀请①

我曾写过一首献给他的诗
在我还很年轻的时候
但这次,我愿我也能够动身

---

① 2014年3月,我受上海方面委托,邀请盖瑞·斯奈德参加当年8月的上海书展国际文学周,但他回信谢绝了,他说他在8月份要按计划进山,为他的下一集《山河无尽》工作。他说8月份是最好的季节,他不能错过。

前往内华达山脉
和他一起搬动"砌石"
或是在正午时坐下,抹把汗
看他为我遥指远处高山上
那一道隐约的雪线……

为什么不?人生之召唤,
莫过于在我们年老的时候
还可以当一名学徒。

2014.3—2021.6

听老友陈建祖述说往事

在奔赴五台山的车上,在民宿小院的
餐桌上,在通往菩萨顶的
长长的石阶上
你都在谈论往事——
三十多年前的往事

我惊叹于你的记忆,而你的记忆
也搅动着我的记忆
三十多年前的朋友,有人
还活着,有人死于心碎
有人远在异国他乡,音信全无
也有人近在身旁
但多少年来已不再来往

你的记忆,就是一座座墓碑

而早年的我们自己又去了哪里?

无人能够回答。

走下陡峭的石阶时,仍有人

一步一叩拜向上攀爬

而我注视着一位头戴竹笠

　　身着藏红袍的游方僧

不知何时已走到我们最前面

消失在人声鼎沸的山下……

2021.7

海魂衫：纪念一位诗人

在深圳的一次诗歌聚会上，
我看见有三位诗人都穿着海魂衫：
马兹洛夫、索菲亚、胡续冬。
索菲亚像是从黑海里冒出来的小仙女，
胡续冬嘛，我后来考证过，
最初是因为一个高中女同学，
从此他就把他的白日梦和一缕海腥味
永远带在了自己身上。
来自马其顿的马兹洛夫呢？这位难民诗人，
他穿着海魂衫坐在那里，
就像是在混凝土的码头上望乡。
三位诗人，三个海在我们中间流动，
这使我想起在我年轻时似乎也有一件海魂衫，
只是不知丢在了哪里——
即使它还在，我也不好意思穿了。
现在我只做一个看海的人。
我只是喜欢我爱的人替我把大海穿在他们身上。

现在,这三位中的一个已离开了我们,
我们需要挥手向他道别吗——
在那通往天堂港湾的不可知的航程中,
我想他也一定会是一个好水手。

2021.8.25